远方的『雷烨树』

李英 著

浙江教育出版社·杭州

谨以此书

致敬 2025 年中国人民抗日战争暨世界反法西斯战争胜利 80 周年

致敬亲爱的祖国和战地记者雷烨

序　一

2025年，我们迎来中国人民抗日战争暨世界反法西斯战争胜利80周年，这具有重大历史意义和现实意义。长篇报告文学《远方的“雷烨树”》终于顺利出版，这既是一部具有文学美感的献礼之作，又是一份珍贵的文史资料，同时也丰富了我国抗战文学的宝库。

雷烨是从金东这片热土上走来的一位革命先辈，是从延安走来的一位文艺老兵、一位战地记者，是从晋察冀大地走来的一位伟大英雄。1938年初，金华青年项俊文安顿好弟弟妹妹，将家中唯一的房产典当，筹得100枚银圆，化名雷烨投身革命。之后，雷烨奔赴革命圣地延安，1938年8月毕业于抗大第四期。同年12月，雷烨作为八路军总政治部前线记者团第一组组长，率队抵达晋察冀边区，担任冀东军分区宣传科长、组织科长。1943年4月20日，雷烨壮烈牺牲。雷烨的英雄事迹感天动地，永远值得我们铭记和传颂。寻访雷烨的故事是一个传奇，他的英雄事迹一度被湮没在历史的烟云中，在他牺牲近60年以后才被世人知晓。晋察冀日报史研究会、河北省摄影家协会、金华市和金东区有关部门以及热心雷烨研究的各界学者、专家为此付出了艰辛的努力。在英雄牺牲的华北大地和英雄的故乡金华，涌现出经久不息的“雷烨热”，引起了强烈的反响。

《远方的“雷烨树”》是一部全面记录雷烨传奇故事的优秀作品，是对那片热土上的雷烨和他的战友们浴血奋战的情景式再现，作者怀着一颗赤子之心，站在历史和现实对接的高度，挖掘了许多鲜为人知的真实故事。作者从踏上河北之旅寻访雷烨足迹，到创作出版作品，历时多年，几易其稿，史料翔实，质朴厚重，所讲的人物和故事，平凡中彰显一种精神，壮烈中昭示一种信念，感天动地，可歌可泣。

如今，雷烨的故乡金东大地上正呈现出一派勃勃生机。《远方的“雷烨树”》的出版，将为弘扬先烈精神、开展爱国主义教育提供丰富的素材，将为研究雷烨、学习雷烨留下翔实的文史资料。雷烨的英雄事迹将永远激励着家乡人民赓续文脉，砥砺奋进，在“打造增长极、建设新中心”的新征程上书写无愧于新时代的华丽篇章。

吕贤

（浙江省金华市金东区政协主席）

序　二

抗日战争是中华民族近代史上最为艰苦、最为惨痛、最为壮烈的一场战争。雷烨就牺牲在我的家乡平山县那片热土上，他在抗日战争全面爆发后，毅然变卖家产，离开亲人，奔赴延安，后到晋察冀，以笔作刀枪，肩挎相机转战太行，拍摄了许多经典的抗日场景，撰写了许多通讯作品和文学作品，留下了非常珍贵的历史资料。雷烨和邓拓、田间、沙飞、魏巍等同志曾经是并肩战斗过的亲密战友。1943 年 4 月 20 日，为掩护群众突围，雷烨在平山县南段峪石堂村壮烈牺牲，时年 29 岁。

多年以来，我与李君放、王律、张风录等人沿着雷烨的足迹追寻，写了一些纪实和心得，并在编写的碾盘沟、曹家庄、南段峪村考中记录了这位战地记者的事迹。2015 年拍摄大型纪录片《平山记忆》时，我把雷烨列为拍摄重点，并采访了田华等当事人。学习雷烨、宣传雷烨，不断升华自己的境界，传承烈士的遗志，是我等终生的追求。

当年的太行山上，集合了一大批中华民族的优秀儿女，其中成千上万的知识分子是一个特殊的群体。他们大多来自大城市，家庭生活优裕，受过高等教育。有的还曾远涉重洋，出国留学，在祖国面临生死存亡的关键时刻，他们义无反顾，从四面八方汇聚到太行山上，和这里的人民生活、战斗在一起，穿粗布衣、住土坯房、用笔作刀枪，抗击着凶残的敌人，作出了重要的贡献，有的还献出了宝贵的生命。雷烨就是他们中间的一个优秀代表，他从鱼米之乡的浙江来到贫瘠的大山里，为掩护群众撤退，打尽了最后一粒子弹，把年轻的生命融入了重重叠叠的大山之中。

我还通过好友钟桂松先生，了解到了雷烨及其家庭的一些情况，为写作提供了许多鲜活的佐证。雷烨牺牲后，人们从他身上翻出一个带血的册页本，这个册页本后来被一位叫赵烈的摄影记者收藏起来，他甚至还在册页本上写了一段话以纪念雷烨。可是没想到，雷烨牺牲后不久，赵烈和雷烨一样，也在掩护群众撤退时牺牲了，当时他只有20多岁。现在我们看到的册页本上的血迹，那是两个年轻人的鲜血啊！平山，这块光荣的土地，承载了多少英雄儿女啊！八路军115师的英雄团长陈锦秀牺牲在这里，杨开慧的侄女杨展牺牲在这里，雷烨和赵烈牺牲在这里，千千万万的八路军战士牺牲在这里……这片洒遍烈士鲜血的土地呀，千古不朽，炽情如焰，万世相传。

平山是雷烨最后战斗、生活和守护的地方，他在这片土地上为群众战斗到最后一刻。雷烨曾经说过，“不会于这世界上空跑一趟”。他跨越千里北上，足迹遍布晋察冀。然而，由于当年的战争环境，雷烨牺牲数十载长眠在石家庄华北军区烈士陵园，没有亲人祭扫，更无人知晓他的本名和家乡。石家庄市地方志办公室原主任高永祯为了一份承诺，最终揭开了历史的面纱，动人的背后是一颗坚守的初心。历史只会眷顾坚定的奋进者。经过十余年的努力，高永祯终于在一张《燕赵晚报》上发现了有关雷烨的线索，帮项家姐弟找到了失联几十年的哥哥项俊文，让雷烨烈士魂归故里！

《远方的“雷烨树”》是一首献给抗战英雄雷烨的赞歌，是一曲弘扬爱国主义精神的交响乐。作品资料翔实，采访扎实，质朴厚重，是一部不可多得的优秀作品。我与作者李英素昧平生，是雷烨外甥女项碧英女士辗转找到我，希望我能为此书作序。一方面，我为作者的真诚和真情所感动；另一方面，我多年来从事晋察冀抗战史料研究，对那段历史比较了解，因此，我有责任向广大读者朋友热情推荐这部作品，希望雷烨精神始终伴随着我们前行，把老一辈革命家的优良传统和作风发扬光大。

是为序。

张志平

（河北省文史研究馆馆员、河北省委宣传部原副部长）

序　三

李英的长篇报告文学《远方的“雷烨树”》，历时多年，终于得以出版，为研究雷烨、宣传雷烨提供了一份珍贵的历史资料。

我伴随着抗日战争的烽火，度过难忘的童年和少年时代，那些青葱的岁月，弥漫的硝烟，民族的抗争，在我的脑海里刻下深深的烙印，刻骨铭心，终生难忘。我退休前担任石家庄市地名办公室、地方志办公室主任，从事历史文化研究多年。让我意想不到的是，我和雷烨烈士结下了不解之缘，从 1986 年到 2001 年的 15 年时间里，我奔波在寻访雷烨的旅途中，经年累月，不言放弃，终于揭开了湮没半个多世纪的雷烨身世之谜，了却了夙愿。这是我这辈子做的最有意义的一件事——让雷烨的故事在晋察冀大地，在雷烨的故乡金华，在中华大地重新绽放出绚丽的光彩。

2021 年 7 月，李英专程到石家庄采访了我，他是一位认真、严谨的优秀作家，我们相见如故，结下了深厚友谊。2023 年 11 月，我专程赴雷烨故乡金华参加雷烨纪念活动，李英和雷烨外甥女项碧英女士自始至终陪伴于我左右，呵护关爱有加，使我深受感动。这次金华之旅是我多年来的梦想，我一直希望在有生之年再次踏上雷烨故乡的土地。我已是耄耋之年，行动多有不便，这次也是下了决心，由儿子高凤良开车一路照顾。那时就想，万一途中不适，就掉转车头回石家庄。让我欣慰的是旅途诸顺，一路平安，这也许是上苍冥冥之中对我的眷顾。

我数次认真读了《远方的“雷烨树”》的初稿和定稿，对作者负责任的态度和真诚书写表示由衷的赞赏。作品生动地再现了晋察冀的青春岁月，记录了雷烨短暂而充满传奇色彩的一生。从雷烨的英雄事迹可以看到中华民族生生不息的战斗精神，共产党人为民族矢志不渝的献身精神。刘澜涛在《文旗随战鼓——〈晋察冀日报〉文学作品选》的序言中说：“当年晋察冀的文艺是战斗的、群众性的文艺，是充满生机、百花齐放的文艺。晋察冀的文艺工作者在为抗战服务、为根据地建设服务、为群众服务中，是忠诚的、勇敢的、出色的。有不少文艺工作者的鲜血洒在晋察冀土地上，值得人们永远怀念……”雷烨就是其中的一位优秀文艺工作者，他的英雄事迹感天动地，值得我们永远铭记。

《远方的“雷烨树”》再现了晋察冀抗日战争中许多动人心弦的情景，让我们了解反“扫荡”中边区军民并肩作战、生死与共的许多可歌可泣的事迹。从中可以窥见雷烨创作的许多具有深刻感染力的作品，更能体悟到雷烨投身抗日、献身祖国的伟大精神。

《远方的“雷烨树”》是一部优秀的报告文学作品，具有很高的思想性、艺术性，但首先保持了报告文学的真实性。作者李英是严谨负责的，他查阅了数百万字的参考文献，有时为了一个细节和出处，给我打来电话反复核实。在书稿出版前，他了解到魏巍当年和雷烨实际上同为“八路军总政治部前线记者团”成员，又多方联系到魏巍女儿魏平，认真研读《魏巍文集》，把这一史料补充进去。因此，该作品不仅仅是一部文学作品，也为研究雷烨提供了翔实的文史资料。

让我感到十分自豪和欣慰的是，祖国大地上的“雷烨热”方兴未艾，许多有识之士共同做着一件事，这就是研究雷烨、宣传雷烨、学习雷烨。《远方的“雷烨树”》的出版，是一件很有意义的事，也是我创作的《杰出战地记者：雷烨传略》的延续，相信会给广大读者带来启迪、力量和艺术享受，对研究晋察冀抗战的同志们也会有所裨益。

高永祯

（《杰出战地记者：雷烨传略》作者）

目　录

下部 寻访

引　子

2021年7月，燕赵平原，雨后初霁，绿色铺陈，生机勃勃。

随《金华日报》雷烨采访组踏上这块浸染着无数先烈鲜血的红色土地时，我的脑海里涌现的是两个词：壮烈、崇高。

这是一次迟到的采访，这是一次悲壮的记录，这是一次震撼的书写。

我沿着雷烨生活和战斗的足迹，走过江南的村镇农舍、战时贫儿院，走过潘家峪、曹家庄、南段峪、石堂村、碾盘沟，走过晋察冀无边无际的原野和绵绵不绝的长城，走向那个历史深处的原始场景，走进那段硝烟弥漫、血光冲天的岁月。

1938年初，金华青年雷烨安顿好弟弟妹妹，将家中唯一的房产典当，筹得100枚银圆。在奔赴延安途中，他购买了那台伴他到生命最后一刻的相机。1938年8月，雷烨毕业于抗大第四期，并光荣地加入中国共产党；12月下旬，作为八路军总政治部前线记者团第一组组长，雷烨率队抵达晋察冀边区，受到聂荣臻接见。应邓拓之邀，雷烨撰写长文《谈延安文化工作的发展和现状》，在《抗敌报》上分期连载。他是战地记者，更是挺进在抗日前线的战斗员、指挥员。

在雷烨的笔下、镜头中，子弟兵的形象与影像年轻而充满朝气，他们转战长城内外、燕赵大地，他们心怀家国、与民同在。雷烨自己也是子弟兵中的一员：作为战地记者，他是在冀东从事摄影采访最早、报道成绩最突出的前线记者；作为冀东军分区宣传科长、组织科长，他是军政教导大队教官，指挥若定，率大队学员在宽城县南天门成功突围……

1939 年到 1942 年底，雷烨的足迹遍及冀热辽，东跨山海关，突近锦州；北越长城，达热河（旧省名）之原野；西过平西，抵察哈尔（旧省名）境内。在滦河边，在潘家峪，在喜峰口，他撰写了《冀东是我们的》《塞外，新收复的乡村为什么拥抱子弟兵》等一篇篇饱含真情的文稿，拍下了《在长城喜峰口向日敌阵地扫射》《八路军将领在白马关长城会合》《滦河晓渡》等一帧帧人民子弟兵战斗在抗战前线的传世照片。

1943 年 4 月 20 日，雷烨牺牲。新华社为此专门发布消息：“八路军总政前线记者、冀东军分区组织科长雷烨同志，于此次敌寇进犯我军区南线时，在平山某地不幸与敌遭遇（四月廿日晨），当即拔枪向敌抗击，身中数弹，自知不免，乃将摄影机、望远镜等全部用石头捣毁，壮烈殉国……”

战友邓拓在《恸雷烨》中回忆：“在一九三八年的深秋，你带着记者团的同志，离开了延水之滨，来到滹沱河的北岸。我们第一次相见在川流曲绕的山村，漆黑而明亮的眼珠，樱红色清秀的面庞，不高但是坚实而雄健的身躯，朴素的戎装，洪亮的声音，豪迈的胸怀，洒脱的谈吐，沉静的态度，热烈的表情，出现在人的面前，像一个书生，又像一个军人，是一个青年，又是一个老成人。”

雷烨的生命定格在了29岁。

雷烨牺牲以后，河北石堂村村民把雷烨墓地旁的银杏树命名为“雷烨树”，雷烨就这样伴随着银杏树，长眠在第二故乡。而在他的故乡金华的土地上，也生长着生命力顽强的银杏树。

银杏树，见证着雷烨的成长历程和为国捐躯的壮举，记录着雷烨奔赴疆场、迎接光明的光辉一生。

寻访雷烨的故事也是一个传奇。雷烨的英雄事迹被湮没在历史的烟云中，在他牺牲近60年后才被世人所知晓。在国难当头之际，他典卖家产、抛舍家人，义无反顾地奔向革命圣地延安；在抗日战争艰难困苦的环境中，他义无反顾地奔赴冀东抗日根据地；在遭遇日寇围困时，他为了保护群众和战友舍生忘死，壮烈牺牲。

虽然雷烨的一生是短暂的，但他却是延安文艺发展的实践家和革命先驱。他创作了一大批诗歌、报告文学和摄影作品，把文艺作为一种战斗武器，自觉地服从于抗日斗争的需要，服从于民族解放的需要，对鼓舞人民进行对敌斗争起到了积极作用。而他的贡献，还在于概括和总结延安文艺工作的特点和发展现状，使解放区人民更加明确了方向，增强了信心。雷烨在生前热诚地为我们的土地、为我们的人民歌唱；他在危难中，慷慨地用年轻的鲜血，书写了人世间最美的诗篇。

在抗日战争极为艰险的环境中，一大批战地记者一手拿笔，一手拿枪，创造了中国革命新闻史上的一个个奇迹，谱写了一曲曲可歌可泣的生命壮歌。雷烨就是其中一位优秀代表，他始终以历史使命感和高度责任感，坚持深入一线，在艰苦危险的环境中采写新闻作品，面对敌寇，宁死不屈，把生的希望留给别人，把最后一颗子弹留给自己。作为一名战地记者，雷烨以“以天下为己任”的家国情怀，不畏残暴的凛然风骨，惊天地、泣鬼神。《正义与勇气——世界百名杰出战地记者列传》记录了各国近百年来110名杰出战地记者的有关事迹，其中以“《塞外篝火》说年华”为题，记述了雷烨出生入死、惊天动地的传奇生涯。雷烨入选民政部公布的第一批著名抗日英烈和英雄群体名录。

雷烨的成长史，其实就是一部晋察冀根据地的新闻发展史，就是一段冀东军民的抗战史。寻找每一个细节，核对每一个数据，采访每一位受访者，写下每一个字、每一句话时，都会被战争的硝烟模糊双眼，都会被逝去的战火震撼心灵。每每想到牺牲在这里的雷烨和他的战友们，回望一个个逝去的年轻生命，我心中总会有无以复加的悲痛和无法释怀的悲伤，不禁潸然泪下。

雷烨的命运和中华民族的解放事业紧紧联系在一起。当我们在史迹中寻觅英雄的足迹和印痕，我们心中怅然，一次次地触摸记忆，一次次地苦苦寻求，企望触摸更多的真实，期盼解开历史的谜团。回顾历史，是为了不忘却。对为国捐躯者的崇敬，是一个民族品质的体现。

无数次，我在心中呼唤雷烨这位英雄的名字；无数次，我期盼用自己笨拙的笔记下那段永不能忘的史实，以告慰英年早逝的雷烨和他的战友们。

雷烨用年轻的生命诠释了共产党人的真诚和崇高。他仅仅是一位战地记者吗？不。他还是一位伟大的爱国主义者，是一位优秀作家、诗人……雷烨的战斗足迹和心路历程，雷烨的壮烈人生和崇高精神不仅是燕赵大地的壮歌，不仅是家乡人民的骄傲，不仅是中国新闻史上的光辉篇章，还将激励中国共产党人接续奋斗，创造更美好的明天。

让我们沿着雷烨的足迹前行，让雷烨的英雄事迹在中华民族的伟大史册中闪光，在新时代中华民族伟大复兴的进程中绽放光芒。

上部

战地

第一章
在延安抗大的日子

一

1938 年初，沐浴在春色中的延安，芳草滴翠，鲜花遍地，春深似海，生机勃勃。

年轻的雷烨经过近一个月的旅途奔波，终于来到陕北高原的延安小城。

宝塔山高高地耸立在黄土坡上，像一位饱经沧桑的世纪老人俯瞰着延安小城，头上是湛蓝湛蓝的天空。延安城门口人来人往，热闹非凡，城墙门洞两边分别写着标语——“和平统一”“团结御侮”，标语的底部刷了白白的石灰，衬托出苍劲有力的黑体字。

宝塔山下，延水河畔。年轻的军人们在进行队列操练，不时扬起黄土；街头走过整齐的队列，齐声高唱着铿锵的《抗大进行曲》；树荫下的露天课堂，学员们正全神贯注地听课。

雷烨掩饰不住内心的激动，对一切都充满了新鲜感。那一刻，他的眼眶有点湿润，他为自己即将成为他们中的一员而兴奋不已。

雷烨来到延安城门的接待处，向工作人员递上了“中华民族解放先锋队”（简称“民先”）东南总队开具的介绍信。

工作人员经过严格检查和询问后，让他去抗大报到。

这时，边上的一位小号手主动帮雷烨提上行李，领着他往抗大方向走去。

小号手看起来只有十五六岁的样子，个子不高，穿着还有些宽松的八路军服，腰里别着系着红绸的号子，显得特别精神。

雷烨说：“小号手，谢谢您！”

小号手主动介绍说：“我是随营学校的文艺兵，以前在戏班子里吹唢呐、拉二胡。因为有这特长，队里就叫我当了吹号手。”

雷烨就问：“在这里多长时间了？”

小号手说：“也不长，去年底来延安的。”

雷烨就说：“那您是老兵，我以后还要多向您请教。”

小号手说：“以后，我们是一家子了。”

来到抗大门口，雷烨还想再谢谢这位小号手。不想小号手放下行李，已经一溜烟地跑走不见踪影了。

雷烨站在抗大门口，看到门口挂着一条横幅，上书“中国抗日军政大学”，门口有两位扛着长枪的哨兵战士。

雷烨奔赴延安，是由“民先”东南总队介绍，因此一切都比较顺利，他很快就在延安抗大办理了入学手续，被编入第四期第三大队学习。学员来自全国各地，大都是八路军、新四军干部和原东北军、西北军部分爱国军人，以及全国各地的爱国知识青年。他们能进入抗大学习，原则上都经过各地党组织推荐，或者是其他联合会负责人的推荐。也有大学生是自行投奔延安的，但必须有人担保证明身份才行。

一个月前，雷烨从金华孝顺出发，途经武汉，一路昼夜兼程，风尘仆仆，奔赴延安。

他在武汉作了短暂停留。武汉地处江汉平原东部，武昌、汉口、汉阳三镇隔江鼎立，有“东方芝加哥”之誉。但雷烨无心在此长留，只是将此地作为去延安的中转站。

雷烨挑选了一个小客栈住下来，然后到街上买了食物充饥。他匆匆地行走在街上，目光往两边的店铺扫过去，终于找到一家寄售行，那里有一台徕卡相机出售，虽然价格不菲，但他毫不犹豫地买了下来。还在老家时，他就迷上了摄影，但那时没钱买相机，只能带着弟弟妹妹到镇上的一家照相馆去拍照。而现在，他从随身带的路费中省下来一部分钱，买下了这台相机，还购买了一些冲印材料和相纸等物品。他想，不管到延安后从事什么工作，会照相也是一门技术，总会有用的。

他在武汉的小旅馆里，分别给家人和好朋友许为通写了一封信，向他们报个平安。他在信中署名“雷雨”。他原名叫项俊文，家里人喊他的小名为“金土”。他想，到延安后就改名为雷烨，或者雷雨、雷华，这样参加工作后就有一个响亮的名字，同时也能够避免连累家庭。参加革命工作后改名，在当时很流行。

武汉当时是全国政治、军事和文化的中心。这里地处中国腹地，是水陆交通枢纽，民众抗战呼声日趋高涨。

1937 年 9 月，八路军平型关大捷声震四方；1938 年 4 月，中国军队血战台儿庄，赢得了胜利，鼓舞了民众。当时，中华全国文艺界抗敌协会已在武汉成立，号召文艺家拿笔杆代枪杆，争取民族独立，寓文略于战略。艾青曾经于 1937 年 12 月旅居武汉，与早已来到武汉的文艺界朋友见面。他在武汉写下了著名的诗歌《雪落在中国的土地上》：“中国的苦痛与灾难／像这雪夜一样广阔而又漫长呀！／雪落在中国的土地上，／寒冷在封锁着中国呀……／中国，／我的在没有灯光的晚上／所写的无力的诗句／能给你些许的温暖么？”

虽然雷烨未曾与艾青这位老乡谋面，但艾青在文化界声名鹊起，他早已有所耳闻。艾青的诗歌表达的正是雷烨郁结在心里的惆怅和不快，他在内心深处为日寇侵略战争给中华大地带来的巨大伤害而忧伤和悲愤。

那时，武汉举行了声势浩大的游行，大街小巷贴满了抗战标语，各界人士走上街头抗议，这是中华儿女倔强与抗争的呐喊，这是中华民族奋起与抗战的吼声。

雷烨心中再一次激起斗志，他更加坚定了投奔延安的决心。

延安是全国各地爱国青年向往的地方。来延安前，雷烨典卖房屋，得到 100 枚银圆作为路费。学员中有许多青年像他一样变卖家产作为路费，有一个青年沿路贩卖灯草作路费从四川走到延安，还有一个女工躲在火车上最危险的角落，才艰难地来到延安。

延安抗大的前身，是 1931 年在江西创办的中央军事政治学校。1932 年春，改称“中国工农红军学校”。1936 年在陕北安定县（今陕西省子长市）瓦窑堡镇米梁山岗阎家大院恢复开学后，更名为“中国人民抗日红军大学”，后又迁址保安县（今志丹县）。1937 年迁址延安二道街，改称“中国人民抗日军事政治大学”，简称“抗大”。抗大是一所中国共产党领导的最高级别的学校，既培养高级军事指挥员，也培养政治工作人员。

抗大创办初期，只有3名专职教员，后迅速增加到250多人，教师队伍中既有像哲学家艾思奇这样的专家学者，又有包括中央领导人在内的来自党政军一线的领导干部。

学校开设的科目，突出政治和军事。政治科目包括学习马克思主义，列宁、斯大林的著作，从太平天国开始的近代中国革命运动史，以及政治经济学和哲学。军事方面，着重讲解战略战术和军事指挥。雷烨在这里经过系统学习，从一个热血青年转变为坚定的共产主义战士。

这是一个充满青春活力的团体。雷烨所在的第四期是空前发展的一期，共设8个大队，43个区队，学员猛增到5562人，其中知识分子就有4655人。由于学员大量增多，原来的校舍已容纳不下，除二、三、四、八大队留在延安外，其他大队分布在延安蟠龙镇、安定瓦窑堡镇、洛川县和甘肃合水庆阳镇。

由于学员队伍庞大，加上延安的条件十分艰苦，他们的宿舍都很简陋，一间房子里住着十几名学员，但没有一名学员有抱怨。那时候的教学设施也十分匮乏，教室里除了一块黑板外，几乎没有什么教学仪器，讲义都是油印的，字迹模糊不清，要仔细辨认才能读懂。

雷烨对这里简陋的环境和艰苦的条件根本不在乎，只是如饥似渴地投入紧张的学习生活中。

这样，抗大第四期第三大队学员名单上出现了一个全新的名字——“雷烨”，他很快成为抗大的著名学员，而那个叫金土的乡土青年消失了，半个多世纪以后才还原了真实身份。

延安聚集了中国共产党的最高领导，聚集了大批中华优秀儿女。雷烨在延安抗大开始了他新的征程。

二

雷烨很快融入抗大这个大家庭之中，并成为出类拔萃的积极分子。他非常珍惜付出沉重代价换来的学习机会，在短短几个月的学习中，如饥似渴地攻读政治、军事等各门课程，取得优异成绩，成为品学兼优的优秀学员，无论是政治思想、理论水平，还是业务知识都有了飞跃提升。

抗大的人都知道有一位优秀的青年叫雷烨，他虚心好学，平易近人，而且很有文学天赋，会写诗、写文章，还会摄影。在抗大这个大家庭里，他如鱼得水，聪明才智很快得到发挥。

雷烨在延安受到了中国先进文艺思想的洗礼，沐浴着延安文化的春光，更加坚定了投身火热斗争的信念。在紧张学习的同时，雷烨参加各种文化艺术活动，很快就成为各种文艺组织的联络人和参与者。他坚决地表示，中国共产党以无产阶级先锋的资格，教育着所有党员以流尽最后一滴血之英勇奋斗的精神，争取中华民族自卫战争的最后胜利。这一政治方向引导着延安文化工作向前发展。延安，是一座抗日文化堡垒、一股先进文化主潮、一个中国文化据点。

雷烨看到，延安文学青年创作的许多街头诗，写在彩色纸上，贴在街头巷尾。街头诗成为青年创作的新体裁，成为群众性的文艺创作与发表形式，一贴出来就会吸引来许多观众，里三层、外三层，被围得水泄不通。

雷烨从口袋里掏出随身携带的册页本，把诗人田间的一首街头诗抄记下来：

欢送抗大毕业同学上前线，
你们走了，
不要感到孤单呵；
同志们！
同志们！
保卫祖国的英雄：
——自从抗日军政大学出来，
一个接着一个，
排成大队伍，
走近炮火！
走进战斗！

雷烨看到，这些写在彩色纸上面的诗，从街头飞舞到群众中间去，有的还变成歌曲被群众传唱。诗传单大都是配合群众集会的，它成为一种独特风景，给群众上了一次次政治课，上了一次次文化课。后来，雷烨和田间在晋察冀相逢，成为亲密战友。

延安经常会有各种各样的文化活动，雷烨常参加诗歌朗诵会和街头演唱会。1938 年初春，诗人柯仲平、田间和其他青年诗人经常朗诵诗歌，诗歌朗诵在延安像一粒种子发了芽，成为延安的一种新鲜的文艺形式。

雷烨还积极参加延安的文艺组织。1938 年秋，延安湛蓝的晴空下飘扬着边区文学的大旗，陕甘宁边区文艺界抗战联合会宣告成立，由丁玲、田间、成仿吾、任白戈、沙汀、周扬、柯仲平、雪苇、刘白羽等文艺界名流以及各文艺团体的代表组成执行委员会，由周扬主编《文艺战线》等刊物。联合会与各地文艺团体及作家建立密切联系，作为全国抗战文艺界的一种援助力量。

这个时期，雷烨看到延安的文化组织如雨后春笋般涌现，如陕甘宁边区文化界救亡协会（简称“边区文协”），成为文化工作的旗帜、星斗和司令部，有一大批抗大的文化青年纷纷加入其中。协会下设研究部、秘书处、通讯部等，通讯部还与中国青年新闻记者学会延安分会合力负责出版《边闻》杂志。这个时期，还有很多社团活跃在延安大地上，如民众剧团、战歌社等。

雷烨敏锐地意识到，延安文化工作者是构成全国抗日文化工作者文化组织的一部分，是抗战的重要力量。他响亮地号召：“文艺工作者，都应该参加到抗战的组织中工作，不论在前方或后方，争取抗日的胜利，这是全民族的一个伟大政治任务，同时也就是文艺工作的方向……”

三

1938 年 6 月，抗大副校长罗瑞卿在为期一个月的突击竞赛运动中，提出了“向学习突击、向工作突击、向生活突击”“为争取成为突击队员、突击模范班、突击模范队而斗争”的口号，掀起了一股轰轰烈烈的教学热潮。

雷烨成为一名优秀的突击队员，他不仅自身积极投入竞赛活动，而且对全校各大队运动开展情况了解得非常具体详细，既有领导层面的决策部署，又有班组的具体实例。

雷烨和其他学员响应学校政治部的号召，迅速投入突击运动中去，把突击运动作为献给全面抗战一周年的礼物。突击运动，像在原野里撒下了一把火种，火光冲天，光芒四射；像是滔滔的河流，澎湃激荡，势不可当。雷烨积极参与到校刊编辑工作中，让校刊首先在突击运动中起到宣传鼓动作用，营造浓厚的竞赛氛围。

雷烨亲身感受到了各大队总动员晚会的热烈气氛，大队之间、小组之间、个人之间展开竞赛；制订教育计划和具体措施，包括确定勤务员、炊事员、通讯员、马夫、管理员等。

突击运动像飞溅出的火花，点燃了每个角落。雷烨奔走在各个大队间搜集各种典型事例，他面对的是一群争取突击胜利的战士。

谢国贤在建造沙缸困难面前百折不挠，经多次试验，终于使平地涌出了泉水。战士们利用滤水沙缸，提升厨房饭菜卫生水平。

一天，雷烨到队里采访，看到大力士孙德奎一连担了十二担水，把所有大缸小缸都灌满了。

孙德奎看到雷烨来采访，放下扁担，向雷烨敬礼。

雷烨说："孙德奎同志，不愧是大力士！"雷烨让他休息一会儿，并用毛巾为他擦汗。

孙德奎回答说："挑水的瘾还没过足哩。"

说得在场的人都哈哈大笑。

哲学家艾思奇平时是给学员们上课的老师，而在突击运动中，他成为名满抗大的干部突击员，被誉为"荣誉突击员"。艾思奇担任一个大队的政治主任教员，并负责边区文协工作，又忙于编辑讲义，上哲学课、讲演、谈话。他的《大众哲学》已经出了十版，深受学员们喜爱。那段时间，艾思奇病了，但仍然参加区队活动。这里的青年围绕着他，从他那里学习知识。

抗大突击员总结大会把突击运动推向高潮，副校长罗瑞卿宣布荣誉突击员名单，包括雷烨在内的五百名学员被授予"优秀突击队员"的称号。

雷烨和其他学员深深感到，抗大的缔造者毛泽东在青年队伍里，是最受学生喜欢和敬爱的领导者。总结大会上，激荡着欢腾的声浪，学生们唱起《突击歌》：

……
突击，战斗的突击啊！
向工作，
向学习，
向一切困难，
要坚决要机动更要勇敢！

四

雷烨还成为文艺突击社的主要创始人之一。这个社的最初发起者是雷烨、奚定怀、郑西野、刘白羽、柯仲平、林山等人。文艺突击社成立了编辑委员会，建立分工负责制度，团结延安的文艺工作者。文艺突击社出版小型刊物《文艺突击》时，获得了多方面的帮助，收到了来自抗大校部以及其他军事指挥部的捐款。雷烨既是《文艺突击》的编辑，又是作者。

《文艺突击》的出版，得到毛泽东的大力支持。毛泽东题写了三款《文艺突击》刊头，这给了雷烨和编委会的同志们极大的鼓舞。

《文艺突击》是延安最早诞生的文艺刊物，是延安文艺的拓荒者、抗战文艺的突击队、文艺青年的好食粮，从此，延安有了自己发表文艺作品的平台。《文艺突击》（第1—4期）合订影印本至今仍有存本传世。

《文艺突击》（第1—4期）封面

《文艺突击》创刊号，开辟了“纪念鲁迅先生特辑”，刊登了艾思奇、荒煤、林山的纪念文章和雷烨选编的《鲁迅先生语录》三则。这一期还刊登了柯仲平的论文《持久战的文艺工作》，以及野蕻、周而复、孟奚、赵鹤、刘亚洛、刘白羽、卞之琳的文学作品。编委会专门写了编后记：

《文艺突击》曾经出过两期油印版的，现在改为铅印。在这中间，是相当困难、艰苦的，希望同志们热心地、广泛地共同协助。因为只有这共同的力量，才能使这一份小小的粮食，能够一半供给边区，一半送给前线游击区。这在今天是特别需要的。

这一期内，有两个特辑：第一个是纪念我们伟大的导师鲁迅先生。另外工厂文艺，一为印刷厂，一为机器厂的。其余几篇也都是这时代中间斗争的真实反映。因为又是一个从“第一期”开始，中间有两篇文章是从油印版选来的，特先声明。

《文艺突击》热诚地盼望着同志们的稿子，关于边区各个角落的生活的反映和前线战壕里、工作中的种种反映。

我们收到很多稿子，其中差不多都是诗，希望多写小说、

> 报告、论文、速写、杂文，等等。稿子，以及给我们的意见和信，请寄边区文协文艺突击社。[1]

《文艺突击》第2期，刊登了周扬的论文，柯仲平、丁玲、陈学昭、沙汀、张现、黄华、严文井、野蕻、方绥等人的文学作品。编后记全文如下：

> 本期内，为了纪念伟大的十月革命，周扬同志特别写了这篇《十月革命与中国知识界》。此外应该谈谈的：沙汀同志的小说是暴露了后方某一角落的。严文井同志的速写，却正是山西柳林的一个真实镜头。苏联的爱伦堡的一篇关于西班牙的报告，一面揭露了法西斯蒂的暴行，一面也给我们刚在发展中的“报告文学”来一个参考。
>
> 另外，该声明的：《文艺突击》的编辑方面是由一个编辑委员会负责的。还有就是向《五月在延安》的作者们及所有给予捐助、帮助的同志们致谢。同时，我们迫切地等待着各方面的更多的捐助与帮助，以及所有的意见。
>
> 寄稿请短，用稿纸写便于排版。

《文艺突击》第3期，刊登了臧云远的论文，以及何其芳、白晓光、柳青、卞之琳、刘亚洛、赵鹤、林山、严文井、沙汀的文章。这一期的编后记内容是：

---

① 本文中引用的报刊文章、来往信件等尽量保持了原文的原貌，编辑仅对其中的个别字词、标点符号等进行了修改。特此说明。——编者注

首先要向读者同志们抱歉的是这期的迟出。一面因为轰炸的影响，同时印刷厂也在长时间地赶排《解放》——不过我们以后无论如何要克服困难，以不太脱期为原则，继续下去。

本期臧云远先生的论文，是给我们蓬勃的诗运提出一部分参考来。《我没有走开》是前方农村工作中一段速写；《烽火边的人民》则报告了宋家川一带群众的情形；严文井同志的这篇报告是后方残废病院的一个写实，准备连载下去。

第四期可以预告的有关于延安轰炸的特辑，不日出版。

在这个要到第二阶段的过渡时期里，我们可以想到会来的一切更大困难，因此，我们也就需要更多的同情与帮助了，尤其是在稿子方面——根据目前，委实诗是太多了，但是篇幅小，是没法的。现下，最希望的还是三千字以内的论文、速写、小说、报告之类的文章。

本来决定本期还有冼星海同志做的一支歌《太行山上》，但因为印刷材料关系，未能印出，谨向他致谢。

《文艺突击》第 4 期新开辟了“短论”栏目，刊登了莎寨、鹰潭、鲁藜、卞之琳、柳青、周而复、张振亚、天蓝、何其芳、亚苏、柳林、田起、刘白羽等人的文章。这一期的编后记如下：

因为印刷与时间的不允许，本刊决定改为月出一次。——这些实际困难，读者同志是能原谅的。

本期增添了“短论”一栏，是想多反映些文艺上一般的倾向与批判的。至于其他的文章，读者同志是自有见地，我们不再赘谈了。该声明的是上期《一群曾是战士的人们》未完，不过经过作者来谈，不再接续下去了。

但盼以后能经常接续下去，月出一次。不过能否如愿，要看抗战中文艺工作的开展，以及读者同志和各方面协助的力量了。

《文艺突击》在延安播种下一颗文学的种子，很多文学青年作家从这里起步，一时间风云际会、群星灿烂、大家辈出，成为延安一道亮丽的风景线。更为重要的是，《文艺突击》鼓舞了边区和抗日游击根据地的人民群众，为抗日救国提供了舆论支持；一群文学青年成为延安文艺园地的拓荒者，发挥了一支文学青年抗战文艺突击队的作用。《文艺突击》成为文艺青年乃至爱国青年的精神食粮。

《文艺突击》刊发了一批来自一线记录的报告文学和文艺作品，以坚定的政治方向引导延安文化工作沿着正确的轨道向前发展，为边区文学艺术健康成长奠定了良好基础，为中国文化艺术事业和中华民族解放事业作出了贡献。几年以后的延安文艺座谈会，更使延安成为中国文化艺术的一座高山和丰碑。

五

雷烨在延安抗大这个革命大熔炉里迅速成长起来。在这里，他光荣地加入了中国共产党，在革命生涯中迈出了坚实的一步。

雷烨参加了大量社会活动，和聚集在这里的中共领导人、社会文化名流有了广泛交流。凭着出色的才华，雷烨崭露头角，成为抗大的活跃分子。他对新闻出版、学术研究、戏剧曲艺等各类组织的历史和现状，进行了全面考察和详细论述，表现出优秀的社会交往能力和政治远见。

1938 年 8 月 1 日下午四点，延安大广场上铺满了太阳的光辉，抗大召开欢送第四期同学上前线大会，四千多名青年战士集结在广场。他们大部分席地而坐，精神抖擞，生气勃勃。集会是毕业典礼的欢送会，也是战斗前的“誓师”礼，四千多名爱国青年齐声唱出他们的毕业歌：

> ……
> 是时候了，同志们！
> ——该我们走上前线，
> 我们要去打击侵略者，
> 怕什么艰难万险！
> 我们的血沸腾了！
> 不除日寇不回来相见。
> 快跟上来吧，
> 我们手牵手，去和我们的敌人血战，
> 别了，别了，同学们！
> 我们再见在前线！

欢送会的壮观场面，让四千多名青年学员群情振奋，也让雷烨深受震撼和鼓舞，欢呼声和掌声此起彼伏。

雷烨在中学时就喜欢文学，具有扎实的文字功底和较高的文学写作能力。他很早就读过鲁迅的《呐喊》《彷徨》等文学作品。在抗大，他因为擅长文学诗歌创作和摄影，被聘为各报刊特约记者和通讯员，撰写了大量新闻报道。他撰写的《创造抗战突击队员的斗争——抗大献给抗战一周年的礼物》和《抗大同学毕业上前线》，先后在 1938 年 8 月 4 日和 9 月 1 日出版的《新华日报》上发表，前者配发毛泽东题词“学好本领好上前线去”，后者配发毛泽东题词“继续努力‘以求贯彻’——给抗大四期毕业同学”，同时配发雷烨拍摄的《抗大四期毕业欢送大会上毛泽东先生致训词》《参加欢送大会之学员》两幅照片。

这两篇通讯全面系统地记述了抗大开展突击运动的情景和欢送四期一、二、六大队毕业典礼的盛况，同时也表明了学员们到前线坚决实践学到的知识，决不辜负中央领导的殷切希望的决心。

中華民國二十七年九月一日 新華日報 星期四 第四版

抗大同學畢業上前線

雷烨

新成長的千餘戰士

畢業就是「誓師」

熱烈歡送戰士上前線

你們去了，後面就來了！

继续努力“以求贯彻” 给抗大四期毕业同学 毛泽东

发表在《新华日报》上的文章《抗大同学毕业上前线》

雷烨在《创造抗战突击队员的斗争——抗大献给抗战一周年的礼物》中写道：

……抗大的创造者毛泽东在青年队伍里，他是最受青年学生敬爱、最受青年学生喜欢的领导者，他讽刺着讥嘲日本法西斯蒂最后的命运是陷落在火焰山的一匹蛮牛，但他亲切地叮咛中华民族优秀的子弟“连一分钟也不能脱离群众”！……抗大的男女战士实践天才的领导毛泽东的指引“学习好本领好上前线去”！

在《抗大同学毕业上前线》中，他又写道：

抗大好比一块磨刀石，青年的战士被磨得锋芒四射。……抗大与群众的关系，是血与肉，鱼与水。……抗大毕业学生的出路：到军队中去，到群众中去，到八路军和新四军去，加强抗战力量，坚持抗战坚持持久战！……到群众中间去，到工人中间去，到农民中间去，到学生中间去，到一切救亡团体里边去……

以上两篇文章中的表述，体现了雷烨的真实思想、观点、立场。通过认真、刻苦的学习，他在抗大筑牢了思想基础，真正做到了学有所成。

雷烨还成为中国青年新闻记者学会延安分会的第一届理事。中国青年新闻记者学会延安分会由解放社、新中华社、通边社共同发起，于1938年11月6日在延安召开成立大会。大会通过了分会的宗旨：研究新闻学术，进行自我教育，团结与培养新闻工作者，以促进边区新闻事业之发展，致力中华民族之解放与建设。

第一届理事会通过了一个半年工作纲领，决定了有关出版工作，编印分会的机关杂志，至少做到每月出版一期《边闻》，收集反映日寇种种残暴行为的相关材料，编纂成像西班牙出版的《黑书》那样的一本出版物，暂且定名为《血书》。同时，在研究教育方面，主办各种学术座谈会、讲演，收集会员关于工作经验研究所得，组织对新闻事业有积极兴趣的优秀青年成立“新闻工作研究班”。

分会成立以后，雷烨全身心投入新闻工作，承担了分会大量的编务工作，成为新闻工作队伍的骨干。

雷烨从抗大毕业以后，在八路军总政治部做文化和新闻工作。那时候，八路军总政治部正筹备出版机关刊物《八路军军政杂志》，为了保障杂志有充足的战地稿件，从抗大挑选了一批毕业生组成八路军总政治部前线记者团，成员均是政治素质和写作水平兼优的共产党员。记者团分为 4 个记者组，派赴晋察冀、晋冀鲁豫、晋绥、山东 4 个敌后抗日根据地，进行火线采访。

雷烨被任命为八路军总政治部前线记者团第一组（晋察冀组）组长，组员为范瑾、沈蔚、林朗、程追。

雷烨愉快地接受了组织的安排，并迅速做好交接工作，准备着随时出征。那些日子，雷烨为即将奔赴前线而激动兴奋，正如他在《抗大同学毕业上前线》中写的那样，一批一批的战士出动了，带着忠诚与民族解放的精神、艰苦奋斗的作风，献给不愿做奴隶的人们。

而这一次将奔赴前线的，是从抗大成长起来的青年雷烨，他将成为一名愿为抗日战争流尽最后一滴血的战地记者。

雷烨在心中呐喊：“抗大的青年战士哟！你们走近战斗，你们走近炮火！走吧！‘你们去了，后面就来了！’”

第二章
奔赴晋察冀

一

1938年11月20日，八路军总政治部命令前线记者团第一组，在雷烨率领下首先从延安出发。

出发前，总政治部领导和战友们专门为前线记者团第一组召开了欢送会。总政治部领导在会上说，前线记者团这一组织，在抗战军队里还是不多见的组织，在挑选记者时要求必须具备几个基本条件：一、政治坚定，抱着为中华民族解放事业而奋斗的信心和决心；二、身体强健，具有艰苦耐劳的精神；三、对记者团的工作有兴趣，而且具备必要的智识程度与写作能力。因此，组员都是组织中百里挑一的精兵强将。希望各位组员，在雷烨的带领下，坚决完成总政治部交代的任务，发展边区新闻事业，争取中华民族彻底解放！

无巧不成书。小号手刚好路过这里，看到雷烨整装待发，他兴奋地说：“我为你吹一曲出发号！”雄壮激越的军号声顿时在总政治部驻地上空久久回荡。

在嘹亮的军号声中，雷烨和战友们向首长立正敬礼，表示坚决服从命令，用实际行动报答组织的关怀和信任。

欢送会结束后，雷烨作为第一组组长，和范瑾、沈蔚、林朗、程追一起，踏上了奔赴晋察冀的漫漫征程。[①]

他们的目的地是河北阜平。1937 年 11 月，那里成为晋察冀新的政治军事中心。从延安到阜平，路途遥远，要渡过黄河，穿越敌占区，路上有重重关卡，有时候还要冒着敌机的轰炸前进。那时交通不便，他们只能靠双脚徒步。

雷烨在抗大学习期间崭露头角，已经成为骨干分子，在学员中影响力很大，几乎无人不知。他对几位组员像对待自己的兄弟姐妹，一路给予关爱和帮助，他还很善于调节气氛，在行军途中，偶尔低吟几句歌，因此大家都没有感觉到旅途的劳累困苦。他们从延安到晋察冀边区，一路上满怀对革命的热情，唱着歌，唱得最多的就是《到敌人后方去》，还有《太行山上》《游击队歌》。

---

① 从目前发现的史料看，前线记者团除了雷烨、范瑾、沈蔚、林朗、程追同志，还有魏巍、孙朴金、徐逸人等同志。雷烨一行于1938年11月20日率先从延安出发，魏巍一行于1938年底从延安出发。魏巍、徐逸人虽然也是前线记者团记者，但没有具体做记者工作，而是留在军区政治部编辑科当干事。孙朴金的生平史料至今不详。

五个人组成的小组，既是一支小部队，也是一个其乐融融的大家庭。范瑾是组里唯一的女同志，大家对她更是关爱有加，让她感受到了大家庭的温暖。

范瑾出身于浙江绍兴的一个知识分子家庭。1928 年起，她逐渐接受革命思想。1935 年，为了反抗日本提出的“华北五省自治”，北平数千名学生自发走上街头，投入抗日救亡运动。在抗日救亡运动的高潮中，范瑾作为进步学生自然不甘落后，她进入南京妇女救国会，号召妇女投入抗日救亡运动。“一二·九”运动爆发后，越来越多的有志青年前往革命圣地延安，加入八路军，用自己的实际行动反抗日本帝国主义的侵略。

范瑾在抗大期间，担任了区队长、救亡室主任等职务，她没有在后方享受相对安稳的生活，而是主动报名，成为前线记者团的一名女记者。

雷烨和范瑾同为浙江老乡，就更加亲近了。一路上雷烨即兴吟诗，他称范瑾是“柔静的青年”，这让范瑾终生难忘。

同为第一组组员的沈蔚，出身于江苏吴县（今属苏州市）的一个贫苦家庭，自幼勤勉，当过学徒工，参加过上海的抗日救亡运动，积极参与了慰问“七君子”活动。1937 年七七事变爆发，日本帝国主义悍然发动了全面侵华战争。在国家危亡之际，沈蔚毅然北上，参加了八路军，先在山西洪洞县马牧村八路军 115 师干部学校学习。1938 年 2 月，115 师奉命调离山西，开赴山东开展敌后战斗，沈蔚所在的干部学校被合并到临汾八路军总部的随营学校。沈蔚热诚忠厚，与人为善，虽然学历不高，但好学上进，苦读不辍，文化积累相当深厚，随营学校认为他是可造之才，决定送他到延安抗日军政大学深造。1938 年 4 月，沈蔚来到了延安抗大第一大队第五中队学习。这次他主动报名参加前线记者团。

林朗、程追都是抗大的优秀学员，他们怀着满腔热忱主动请缨加入前线记者团。

这样，雷烨和范瑾、沈蔚、林朗、程追一路向华北敌后进发，虽然路途艰险，但大家昼夜兼程，平均每天都要步行一百多里，因为大家有一个共同的心愿——恨不得能插上双翅，早日到达晋察冀，投入抗日前线。

沿途一些大的村镇都被日伪军占据了。为避免路上遭遇敌人，雷烨他们不断找沿途的地方干部和老百姓了解前面路上的情况，没有敌人出来时他们便继续前进。

一次，他们经过敌占区的一个集镇，那里设有关卡，为了不暴露八路军身份，雷烨决定让大家分两组行动，而且乔装打扮，错开时间。

雷烨和范瑾扮成兄妹走亲戚，雷烨还用刚学的河北口音与守门人搭讪，两人顺利进入了城门，再在很远的地方等着会合。

过一会儿，沈蔚、林朗扮成商人模样，大摇大摆地喧哗着走过城门，而程追穿着破旧的衣服，扮作侍从跟随其后，从而躲过了士兵盘问。

有一天傍晚，突然下起了暴风雪，风卷着雪花，狂暴地扫荡着山野、村庄，天气骤然变得冷起来。这是一个前不着村、后不着店的地方，他们只能在就近的一个土地庙里过夜，找了些麦秸和茅草铺在地上，大家和衣而睡。雪花飘进庙里，鞭子似的风抽打在脸上，冰冷冰冷的。他们在土地庙里度过了一个难忘的夜晚。

另一次，他们遇到一条湍急的河流，又正赶上雨天，一边是陡峭的悬崖，一边是深不可测的河流。雷烨他们只好沿河边继续走，绕道找一个水浅一点的地方过河，沈蔚、林朗、程追先蹚过河，再在河那边接应雷烨和范瑾。

最险的还是过黄河。他们在渡口附近的村庄找了一条船，老艄公是堡垒户[①]，多次帮助八路军掩藏物资、掩护伤员。那天，天气阴沉，飘着雨雪，老艄公冒着生命危险送雷烨他们过河。船到河中间时突然水势汹涌，险象环生，老艄公让雷烨他们坐稳不要动，撑着长竹竿艰难地前行。虽然船摇摆得厉害，但雷烨他们一点也不害怕，大家唱起了《太行山上》，雄壮的歌声盖过了翻腾的水浪。

半个多小时以后，船终于靠岸了，雷烨他们和老艄公告别，虽然相处时间不长，彼此却像是老朋友似的，很有些不舍。

老艄公向他们挥手，说："盼望你们到前线打胜仗！"雷烨说："打了胜仗，一定要回来见您老！"

雷烨一行走出很远，还看到老艄公立在船头，向他们挥手。

雷烨一行人、老艄公与苍茫的黄土高原和汹涌澎湃的黄河融为一体，时而清晰，时而模糊，只是没有留下照片。

二

1938 年 12 月下旬，雷烨一行终于抵达晋察冀军区驻地河北省阜平县。

军区的同志让他们休整一下，并告诉他们一个好消息：聂荣臻司令员要接见他们。

雷烨一行顿时欢呼雀跃，一个多月来徒步行走的疲劳一扫而光。在旅途中他们克服重重艰难困苦，穿过敌人的一道道封锁线，越过一座座陡峭的大山，步行一个多月，行程三千余里，平均每天要行走一百多里。

---

① 堡垒户指在抗日战争极端困难时期，掩护八路军、地方抗日干部和伤病员或抗日机关，组织物资的农户。

而现在他们终于到达了目的地，有一种回家的感觉，每个人的脸上都洋溢着喜悦的笑容。

晋察冀地处华北腹地。晋，就是山西省；察，是察哈尔省，首府在张家口；冀，就是河北省。晋察冀抗日根据地，就是这三个省交界的一大片地方。

晋察冀抗日根据地，是中国共产党和八路军创建的第一个敌后抗日根据地。聂荣臻和晋察冀军区，大大振奋了这一地区军民的抗战精神，聂荣臻的名字和平型关大捷的喜讯一起，传遍了晋察冀，传遍了陕甘宁，传遍了祖国大地。

那时，知道山海关、雁门关、嘉峪关等著名关隘的人很多，而很少有人知道平型关，因为它只是万里长城上的一个小小的关口。

平型关大捷，让全国人民一夜之间记住了“平型关”这个名字。

平型关大捷打出了中国人民的威风和志气，替全国人民出了一口恶气，它是八路军出师华北前线打的第一个大胜仗，也是全面抗战以来的第一个大胜仗。它的重要意义还在于，它使八路军名扬天下，使全国人民看到了民族的希望，看到了胜利的曙光。

平型关大战以后，聂荣臻根据党中央和毛泽东的决定，留守五台山地区创建晋察冀抗日根据地。让聂荣臻感到无比亲切的是，党中央从延安源源不断地向晋察冀边区派来一批又一批军政干部。

雷烨他们就是最早从延安派来的前线记者团，而雷烨更是从心底敬仰这位大家崇敬的司令员。

想到很快就能见到聂荣臻司令员，大家都难抑激动的心情，早早来到军区大院。

不一会儿，聂荣臻带着抗敌报社社长邓拓和沙飞等同志，从大院里面大踏步地走出来。

雷烨一行列队接受聂荣臻司令员的接见。雷烨立正报告："八路军总政治部前线记者团第一组，向聂荣臻司令员报到，请指示。"

聂荣臻举手向雷烨一行致意。

聂荣臻说："来来来，我们先合个影。"

沙飞给聂荣臻和雷烨一行拍照合影，留下了这一瞬间的宝贵镜头。

合影以后，聂荣臻让邓拓把他们带到会议室坐了下来。雷烨代表第一组向聂荣臻汇报了记者团的任务和工作打算。

当时，有一个亟待解决的问题，就是缺乏干部。聂荣臻要求他们：一方面，通过报道向全国全世界输送边区的消息，推动边区敌后抗日运动；另一方面，到军政学校授课，培训一批干部。

雷烨站起来立正说："报告首长，军政学校的底子是115师随营学校，我们中的沈蔚就是随营学校输送去延安抗大的。我们都可以到军政学校当教员，传播延安抗大精神。"

三

雷烨一行翻山越岭，涉水渡河，穿越敌人的封锁线，冒着炮火，高度警惕，高度紧张，高度疲劳。经历如此艰险的连续一个多月的行军，大家已经疲惫不堪，好不容易到达安全地带，理应好好休整一下。但是，雷烨他们却马不停蹄，以"突击队员"的姿态，立即通过登报的方式向边区军民亮相，以"八路军总政治部前线战地记者团第一组"的名义，撰写了《向同志们致慰问的敬礼！》一文，在1938年12月29日的《抗敌报》上发表，报社还特意加了编者按。

《向同志们致慰问的敬礼！》全文如下：

在我们正进行彻底粉碎敌人围攻的战斗中，八路军总政治部前线战地记者团第一组来到这里了。他们为了要把边区的实际斗争情形，报道给关心这个抗日根据地的全国以及全世界的人们，不远千里，冒着炮火，冲过敌人的封锁线到达这里，这是值得我们兴奋的事。下面就是他们给军区全体工作同志的一个慰问。

——编者

八路军总政治部为了建立像网似的通讯组织，规定了具体明确的任务组设前线战地记者团。于武汉、广州相继不保后的十一月二十日在延安命令第一组首先出动。

第一组是由雷烨、程追、林朗、沈蔚、范瑾同志所组成的。在这五个青年记者中间，值得介绍的是步行三千余里，穿越敌人封锁线的英勇的新女性范瑾同志。

第一组受着八路军总政治部的领导，是以向全世界人民控诉日本法西斯军阀罪恶暴行的原告者资格而受命出动到抗日模范根据地晋察冀边区。也将是奔赴第一线和各个军分区投入英勇与广大的群众队伍里去，跟我们武装的战士肩并肩地配合战斗。

就在向我们英勇的同志们学习战斗，配合战斗中间，作为青年记者的我们担负着这样一份任务：

将我们八路军及一切抗日军队英勇的、光荣的胜利向全国、全世界输送。

将我们边区群众热烈进行抗战建国工作的模范行动向全国、全世界反映。

将我们边区以国共两党为基础的统一战线的模范事实，向全国、全世界作最翔实的报道。

将日本法西斯军阀对于中国人民的非人的虐杀及一切恶毒及其走狗托派分子与汉奸的无耻阴谋汇集起来作为判决日本法西斯军阀的最后命运的证据。

同志们！我们边区的艰苦奋斗跟光荣的模范事实是需要有组织地、有计划地、积极地、及时地、足够地向外发扬，向外输送！青年记者的我们，愿意作为发扬的工作者，一个输送支队，而且愿意为这一工作而流血！

我们向同志们伸手！我们恳切要求同志们给我们帮助，给我们指示，因为只有依靠同志们具体的帮助、关怀的指示，我们所努力的工作才能扩展。

我们要向，正在向同志们学习。因为我们恰恰是青年的记者，只有向同志们多多地学习才能大大地提高工作的质量。

我们将要出动了，准备和各个军分区各个部门的前线上的英勇的同志们见面。

我们是非常挂念同志们的！我们是健好的工作者，并且，将从延安带来的工作热情作为见面时慰问同志们的礼物！

12 月 30 日，在邓拓的安排下，边区各界人士座谈会召开了。雷烨在会上作长篇报告，介绍延安文化工作动向。他的报告分为四个部分：第一，延安文化工作的特质；第二，延安文化工作在抗战建国文化运动中的地位及贡献；第三，延安的文化建设；第四，两个边区文化工作的联系问题。

雷烨在报告中全面系统地介绍了延安文化工作动向，使与会者大为振奋，引起领导极大兴趣和重视。邓拓要求雷烨把他在座谈会上的讲话内容撰写成文，在报上发表以推动整个边区文化抗战运动的发展。

雷烨不顾疲劳，挑灯夜战，连夜赶写约 2 万字的长篇文章《谈延安文化工作的发展和现状》，在 1939 年 1 月的《抗敌报》上分期刊发。

雷烨的文章在《抗敌报》上连续发表，尤其是他提出，要健全文化工作的领导，推进文化工作大踏步走进广大的群众中去，给边区文化工作者以极大鼓舞。大家纷纷表示要借鉴延安经验，更好地开展边区文化运动，通过各种文化形式和运动，动员群众完成“抗战必胜”“建国必成”的伟大政治任务。

《抗敌报》的署名文章，让雷烨这个名字在晋察冀很快传播开来，大家都知道从延安来了一位年轻有为的前线记者。

雷烨和范瑾、沈蔚、林朗、程追 5 人应抗敌报社之聘成为该报特约记者。

在这个艰苦卓绝的战争年代，雷烨在晋察冀和邓拓相遇，结下了深厚的革命友谊。

在中国现当代新闻史上，邓拓是一座巍峨的高山。邓拓，原名邓子健，出身于福建闽侯（今属福州市）一个清贫的知识分子家庭。他 18 岁加入中国共产党，在上海读大学时开始从事革命活动，25 岁就出版了中国史学研究的扛鼎力作《中国救荒史》。1937 年，邓拓遭到国民党特务的逮捕，在多方力量的推动下，不久后获释。出狱后，邓拓应邀参加了前线服务团，前往河北慰劳抗日将士，后奔赴在筹备的晋察冀边区敌后抗日根据地。

1937 年秋冬，邓拓同十几位知识青年跋山涉水，远道从太原赶到五台。一见面就给聂荣臻留下这样的印象：他是一位朝气蓬勃、满腔热血的革命青年。

邓拓告诉聂荣臻："我已经学会了识别和采集很多种野菜，为的是日后困难时能借此充饥。"

聂荣臻说："可见你已经做好了艰苦奋斗的思想准备。你的革命决心是多么坚强，革命的乐观精神又是多么充沛！"

聂荣臻对邓拓十分欣赏，他很喜欢邓拓爽朗的性格。

在聂荣臻司令员的关怀下，1938 年 4 月，邓拓奉调来到抗敌报社，担任报社主任（即社长）。八路军总政治部前线记者团的到来，让邓拓喜出望外，雷烨他们深入冀中、北岳、平西等地进行战地采访，发回了许多鲜活的一线报道，也为《抗敌报》提供了丰富的稿源。

《抗敌报》(后改名为《晋察冀日报》)，于 1937 年 12 月 11 日在阜平创刊，是在晋察冀军区成立时，由军区政治部主办的一份报纸，这是中国共产党领导下的抗日根据地最早的一份报纸。1938 年 3 月 5 日，阜平县城遭到了敌机疯狂轰炸，创立不到三个月的抗敌报社也遭遇厄运——报纸和部分机器设备被炸毁。3 月 6 日，报社随边区党政机关转移到五台山麓大甘河村。报社经常变动社址，办报条件十分艰苦。

1938 年 4 月中旬，《抗敌报》从军区政治部划出，成为晋察冀边区党委机关报，希望加强党委对报纸的领导，充分发挥舆论宣传作用。也就是在这个时期，邓拓奉调来到抗敌报社，成为报社新的领导人。

在战争环境里办报，邓拓不仅是社长、总编，还是战斗指挥员。在他的领导下，抗敌报社的编辑记者，挺笔荷枪，翻越长城，转战北岳，一边与日寇斗争，一边坚持出报。邓拓一点架子都没有，大家都亲切地叫他老邓。

《抗敌报》初创时用的是原始的油印机，之后才改用石印机。1938年4月起，邓拓千方百计先后从冀中、冀东南等地弄了几部铅印机和一些铅字。当时，铅字不够用，又没有铸字机，也没有字模，邓拓和报社的同志就自力更生，用铅坯翻成字模，然后铸造成铅字。

邓拓带着雷烨他们参观当初的抗敌报社社址。报社设在大甘河村的一个庙里。那个破庙被敌人轰炸后，断壁残垣，岌岌可危，他们找来些粗大的木头加固墙壁，支起印刷机。晚上把供台上的神像搬走，在上面铺上山里的野草，邓拓和编辑陈春森就睡在那上面。

邓拓说：“敌人经常对边区进行‘扫荡’、围攻，连续不断，似家常便饭。为避开敌人，我们报社需要不停地转移。”

雷烨说：“《抗敌报》的工作是模范，给我们留下了宝贵的经验。老邓，有什么任务直接命令，我们一定完成任务。”

邓拓说：“我们现在最需要的是前方一线的报道，也需要前线的写实图片，你是摄影专家，可以给我们提供更多图片。”

雷烨说：“老邓，现在冀东地区是最艰苦险恶的地区。我愿意到最艰苦、最险恶的地方去战斗。”

邓拓说：“好啊，你去了，一定会受到萧克将军的热烈欢迎。”

雷烨说：“我要通过摄影这个武器，把真实的战争场景告知世界。”

邓拓紧紧地握着雷烨的手，说：“我代表晋察冀边区人民，向你致敬！”

第三章
向冀东挺进

一

雷烨下定决心要去冀东抗战最前线。

雷烨选定冀东这个目标，并非心血来潮、一时冲动，而是经过认真考量的。

他了解到冀东是华北地区抗战最前线，他也知道那里最危险、最险恶、最艰苦。而这正是雷烨最想去的，他想越是艰险的地方，越需要记者深入一线，及时报道前线抗敌战况，而自己又有摄影特长，到那里去一定会捕捉到许多重要题材，可以通过摄影把真实的战争场景告知世界。

要去冀东必须经过平西，在平西，他受到了萧克将军的热烈欢迎。

在野三坡冀热察挺进军司令部驻地，雷烨见到了萧克这位他久仰的大将军。在来之前，雷烨早已耳闻萧克将军大名，他猜想，萧克一定是位威武雄壮的彪形大汉，但他见到的却是一位英俊的青年将领，萧克红润的脸庞上有一双炯炯有神的眼睛，说起话来热情奔放，既儒雅又刚毅。

萧克向雷烨详细介绍了冀东的战略形势，让雷烨更了解了冀东地区的战略任务和面临的困难。

冀东地区处于重要的地理位置，历来是兵家必争之地。正因为冀东处在一个咽喉要道的战略位置，所以日本侵略者占领东三省后，为了吞并整个中国，首先就把魔爪伸向冀东，以便控制从东北到华北的大陆交通线，作为进一步侵华的兵站基地和军事跳板。七七事变前后，日军进攻我国内地的兵力和军用物资，几乎都是经过冀东运送的。

早在 1937 年 8 月 22 日召开的洛川会议上，毛泽东就以战略家的眼光指出了冀东在抗战中的重要地位。他指示，红军可出一部于敌后的冀东，以雾灵山为根据地进行游击战争。并且指示，干部主要由聂荣臻负责配备，进军冀东，建立敌后抗日根据地。

根据党中央和毛泽东的指示，1939 年 2 月初，在平西正式组成了冀热察挺进军，由萧克任司令员，并由萧克、马辉之、伍晋南、宋时轮、邓华组成了冀热察军政委员会。

很快，冀东的斗争形势出现了新的面貌。经过冀东军民长期顽强的战斗，我军终于创立了冀热辽抗日根据地，建立了一支人数众多的武装力量，不仅成为敌人咽喉地带的一把尖刀，而且为日后收复热河，解放东北，准备了突击力量和前进基地。冀东抗日根据地的建立，使我们终于实现了党中央和毛泽东所期望的目标。

1938 年 7 月，富有革命传统的冀东人民在中国共产党的领导下和八路军第四纵队的支援下，举行了震惊中外的 20 万人大起义，形成了震撼全国的抗日铁流。1939 年，起义部队西移失败后，日军对冀东人民进行疯狂大屠杀、大镇压，实施“三光”政策，每天都有数以千百计的军民惨遭杀害，房屋被烧、财物被抢不计其数。冀东抗战进入了最残酷时期，形势极为严峻。

雷烨正是在这种形势下，于 1939 年八九月间，随军挺进冀东。1939 年 8 月，冀热察挺进军曾派 34 大队从平西挺进冀东，当时，部队从平西到冀东行军路线一般要经过平北进入冀东。雷烨就是在萧克的安排和协助下随这支部队抵达冀东的。

见到萧克将军，雷烨感到非常亲切，更加坚定了去冀东的决心。

雷烨动情地说：“萧司令员，一切听从指挥，做好前线战斗报道，为建设晋察冀抗日根据地随时做好牺牲准备。”

萧克说：“我们太需要像你这样的战地记者。你不愧是一个有抱负、有思想的年轻人。”

接着，他又对雷烨说：“你肩负的任务十分崇高而又光荣，困难一定不少。你要做好准备工作，何时出发，听候安排。”

雷烨立正向萧克将军敬礼：“听从司令员的安排，坚决完成任务！”

二

雷烨听从萧克将军的安排，一边做着去冀东的准备，一边在工作中等待着出发。在这期间，他与张致祥同志熟悉起来。

张致祥于 1939 年夏被组织派来平西，负责创办《挺进报》，面临着初创的诸多困难。他没有办报经验，但热情高涨，决心在最短的时间内把《挺进报》办起来。雷烨虽然只和张致祥见过几次面，但为张致祥创办《挺进报》提供了许多具体指导，加快了《挺进报》的创刊进程。

最早的时候，《挺进报》驻扎在平西的福山口村，既没有印刷设备，又缺乏编辑记者，而且还要防备敌人的“扫荡”，条件十分艰苦。

雷烨提出，《挺进报》要把冀热察根据地建设作为重点报道内容，配发评论和图片，鼓舞根据地人民投身于抗日斗争。

张致祥和报社的同志因陋就简，夜以继日，紧张工作。没有设备，他们就用油印机印刷报纸，先出四开油印小报。《挺进报》终于在艰难困苦的环境中呱呱坠地，成为冀热察地区鼓舞民众的一份报纸，起到了战时鼓动宣传作用。

1938 年秋，日寇向晋察冀边区发动了猖狂的进攻，动员兵力 5 万人，号称要“犁庭扫穴”，一举摧毁抗日根据地。1939 年，日寇继续调集兵力，多路围攻晋察冀边区。冀热察边区作为抗敌一线，非常需要一份及时宣传抗日的报纸，因此，张致祥和报社的同志把出版《挺进报》作为第一重任，想方设法使《挺进报》按时出版。由于敌人“扫荡”加剧，报社经常要撤离驻地。每到一个地方，报社的同志就投入紧张的工作中。挺进报社成员先后辗转福山口、小峰口、李各庄等村，直到抗战胜利。

在张致祥看来，雷烨是一个文艺工作者，他是参加了前线记者团，与文工团等同志由延安派到敌后来的，党的意旨是明确的，报道敌后伟大的斗争场面，开展敌后新闻工作，并培养为工农兵服务的文艺巨匠。虽然张致祥在记者团和文工团里认识的同志不多，但他敢说，雷烨同志是了解党的意旨的，他不把自己看作是“客人”，要别人“待以上宾”；他没有要求给自己提供特殊的环境，来整日闲散地培养灵感；他不像某些文艺工作者，到敌后只是走马观花搜集材料，认为敌后不适合创作，不愿意接受党分配的任何工作，待材料搜集差不多就急于要求回到延安，预备写成巨作，一举成名。

那时，雷烨有很多路径可以选择，他完全可以留在晋察冀抗日根据地司令部，也可以完成一个阶段任务后返回延安。但他坚定地选择去冀东抗日根据地，到最艰苦、最险恶的一线去。即便在平西待命期间他也在紧张地工作，尤其是对《挺进报》的创刊给予多方面的支持，这让张致祥十分感动。

张致祥和雷烨讲起报社用的石印。由于当时报社经常遭到“扫荡”，社无定址，经常要搬家。报社最珍贵的就是石印，没有它就没法出报纸，遭遇敌人“扫荡”就得把石印藏起来。可石印太大了，藏哪儿好呢？报社的同志非常聪明，敌人来了，大家就把石印放入河水里，等到“扫荡”结束后，再把石印从河里捞上来。

雷烨听了张致祥的讲述，说：“这就是游击办报的经验，也是我们敌后办报的秘密。”

在福山口村的简陋民居里，雷烨和张致祥一起策划报纸的选题，讨论编辑、出版工作。雷烨和张致祥成为亲密战友，他在张致祥的心目中留下深刻的印象。张致祥后来表示，认识这样一位新闻工作者、文艺工作者，是他毕生的骄傲。

三

雷烨在平西又一次见到了沙飞。沙飞是摄影专家，在晋察冀声名远播，雷烨也喜欢摄影，两人又都立志为党的新闻事业和摄影事业做些工作，因此很快就成为亲密的战友。

平型关大捷后不久，沙飞作为太原救亡新闻机构——全民通讯社的摄影记者赴平型关采访，在那里，他第一次见到了聂荣臻司令员。

聂荣臻对沙飞说：“南方人到北方来，最大的感受是北方风大，沙尘漫天飞舞。你怕风沙迷眼吗？”

沙飞回答说：“不怕。我就是要把自己变成风沙中的一粒沙子，漫天飞舞在抗日的北国疆场。”

那次采访，沙飞拍摄了有关八路军平型关大捷的战地组照，并迅速赶回太原发稿，宣传八路军出师后的首次大捷。

聂荣臻很喜欢沙飞，知道他会摄影，那时八路军正好需要他这样的人才，便把他留了下来。沙飞在晋察冀军区政治部任摄影科长，为晋察冀边区培养了一批摄影人才。

雷烨的到来，让沙飞喜出望外——终于从延安来了一位既有抱负又懂摄影的青年。

沙飞邀请雷烨一起去看蛟潭庄街头摄影展，这是沙飞加入八路军后举办的第一次街头摄影展。

虽然蛟潭庄是一个偏远的小镇，但在那里举办的摄影展轰动了整个华北地区，根据地的民众把这当成庙会，从四面八方纷纷赶来。很多老百姓和八路军战士，都是第一次看到摄影照片。

顾棣当年还是根据地的一名儿童团团长，他第一次看到照片时，觉得它像一张画，照片上的人和真人长得一样，可它又不是画。他第一次看到照相机时把它当成了望远镜。正是那次摄影展，让顾棣迷上了摄影，后来他被沙飞培养成一名摄影记者。

摄影展现场里三层外三层，被围得水泄不通。摄影展取得了意想不到的效果，政治部特别组织了日本俘虏兵去观看。这些俘虏兵看了照片后深受震撼，幡然醒悟，很多俘虏后来参加了反战同盟。

聂荣臻司令员也来观看照片，对展览取得的意外效果赞不绝口。

沙飞是一个理想主义者，曾经为鲁迅拍了很多照片，有一组题为《鲁迅与青年木刻家》的传世之照影响很大。1936 年 10 月 19 日，鲁迅与世长辞。沙飞闻讯后，迅速赶往鲁迅的寓所，拍下了鲁迅的遗容照。鲁迅葬礼结束后，沙飞拍摄的照片发表在上海的《良友》《时代》等刊物上。这是他第一次使用“沙飞”这个笔名，寓意自己要学鲁迅，做一粒飞向自由的沙子。

蛟潭庄街头摄影展的巨大成功让沙飞十分兴奋。他对雷烨说：“著名战地摄影师罗伯特·卡帕曾拍摄了大量记录中国抗战的摄影作品，引起全世界的关注。我们要做中国的卡帕。”

雷烨对沙飞十分崇敬，说：“我第一个向你学习，力争做中国的卡帕。”

沙飞说：“我们应该在华北敌后创办一本画报，这样传播会更广泛，真正起到把照相机当武器的作用。”

“你的想法很好，一定会得到聂荣臻司令员的首肯！”雷烨说，“我到冀东后，可以向画报社输送前线照片。”

沙飞说：“这很好！我们一言为定。”

虽然在平西的时间短暂，但雷烨把大量时间投入摄影事业，他和沙飞、石少华、罗光达等人一起筹建摄影组织机构，开办摄影培训班，培养了一大批摄影人才，成为晋察冀摄影工作的拓荒者。

1942 年 7 月 7 日，全面抗战五周年纪念日之际，在聂荣臻的大力支持下，在沙飞及战友们的不懈努力下，经过几年艰辛筹备，一本画报终于出刊了，它就是抗日战火中诞生的《晋察冀画报》。

聂荣臻为《晋察冀画报》创刊题词：

> 五年的抗战，晋察冀的人们究竟做了些什么？一切活生生的事实都显露在这小小的画刊里：它告诉了全国同胞，他们在敌后是如何的坚决英勇保卫着自己的祖国；同时也告诉了全世界的正义人士，他们在东方在如何的艰难困苦中抵抗着日本强盗！

晋察冀画报社由军区新闻摄影科和印刷社合并而成。晋察冀画报社成立后，办报地点设在河北平山县碾盘沟村，条件十分艰苦。除了配备人才外，置办照相、制版等设备是头等大事。当年晋察冀边区地处华北敌后，若要采购设备，须通过日军的封锁线。那时的设备也很昂贵，一些精密器材，如制版机、镜头等需要拿黄金去换。可当时画报社地处偏远山村，穷得连电都没有，甚至人员吃饭都有口粮限制。

就是在这种条件下，晋察冀边区竟出版了可与任何大城市的画刊相媲美的画报，并发明了与延安的土电台齐名的铜版印制，人称“陕甘宁的广播，晋察冀的铜版”。

《晋察冀画报》出刊后，震动了根据地的军民，也震动了当时的抗战大后方重庆，甚至震动了抗战中的敌人和盟军。

在当年严酷的条件下，《晋察冀画报》能取得如此了不起的成就，和沙飞不拘一格重用人才、培养人才分不开。

雷烨被沙飞聘为《晋察冀画报》的记者，他在冀东期间把大量的图片摄影、报告文学和诗歌作品发给画报社。虽然在战争年代的艰苦岁月里，雷烨和沙飞聚少离多，但大家彼此记挂，结下了深厚的情谊。

第四章
向世界报告潘家峪大惨案

一

1941年初，寒风凛冽，还乡河附近天色阴沉，漫天飞雪，夹着烟霭和寒冷的气息，使被严寒埋没的小村庄更加宁静、深邃、沉寂。

在郭庄子北街的一家破败农舍里，油灯被风吹得忽明忽暗，冀东军分区政治部主任刘诚光和宣传科长雷烨在昏暗的灯光下研究工作，不时停笔用手给油灯遮风。忽然，一阵寒风吹开了屋门，油灯也被大风吹灭，两个人忙着关好屋门，重新点燃油灯，继续研究当前的宣传工作。

雷烨不顾路途险阻，辗转了几十天，才从

阜平来到冀东进行采访。他中等身材，黄瘦的长脸上有一双炯炯有神的大眼睛，显得精明能干。

雷烨的外表像个瘦弱的书生，但他的身体素质很好，到冀东后就东奔西跑到各地采访，在不长的时间里发表了大量新闻报道。大家知道他从延安来，就经常请他去给部队的战士们讲课，他总是有求必应，并认真做好准备。雷烨气宇轩昂，精神抖擞，尤其是他作报告时，口若悬河，生动幽默，又极富鼓动性。雷烨受到干部群众的热烈欢迎，大家都希望他能留下来和他们并肩作战。

一天晚上，刘诚光和雷烨忍着寒风的侵袭，一直工作到深夜，才把宣传计划确定下来。就在他们准备上炕睡觉的时候，忽然有从外地赶回来的侦察员敲开了他们的门，向刘诚光报告说，潘家峪村遭敌血洗，千余村民遭屠杀。

刘诚光听了这一噩耗，脸色立时变得蜡黄，他咬牙切齿，半天无语。

雷烨悲愤交加，低着头在屋子里来回踱步。

破败的农舍里，昏暗的油灯下，充满了悲痛、义愤的气息。

过了一会儿，雷烨说：“主任，我马上出发，赶到潘家峪惨案现场去看看，进行拍照，尽快把真相报道出去。”

刘诚光用拳头砸了一下破桌子，说：“好。事不宜迟，应当迅速行动，趁着惨案现场没有改变，把敌人的暴行全部拍下来，把这一灭绝人性的暴行向全世界公布。”

接着，刘诚光又说：“我马上命令丰滦迁抗日联合县政府领导，连夜赶赴潘家峪做好善后。你到那里后，一方面搜集证据拍照，尽快报道；另一方面指导帮助他们妥善处理后事。”

雷烨立正报告：“刘主任，坚决完成任务！”

说完，雷烨转身背起挎包，手提照相机出了房门，叫上警卫员，骑上马，消失在凛冽的寒风中。他们沿着崎岖坎坷的山路向潘家峪奔驰。

1941 年 1 月 25 日，是农历的腊月廿八，第二天就是除夕。丰润县（今丰润区）潘家峪惨绝人寰的大惨案就发生在春节前。

潘家峪是冀东抗日根据地，作为冀东军分区政治部宣传科长，雷烨曾多次到潘家峪工作采访，和潘家峪人民朝夕相处，结下了深厚友谊。

雷烨知道，潘家峪曾经被誉为“冀东的世外桃源”，是一个被群山环抱的美丽山村。据有关史料记载，这个村庄始建于明永乐二年（1404 年），历史悠久。

村口的老槐树像一位历经沧桑的老人，经历了抗日战争的风云变幻，目睹了潘家峪村民的悲惨遭遇，更是见证了潘家峪村的后辈们奋起抗日的悲壮和不屈。

潘家峪四面环山，地形复杂而险要。东山似巨佛端坐，威严肃穆；南山斜坡陡峭，形成屏障；西边阡陌交错，田畴密布；北面溪流淙淙，果木成林。潘家峪四周山岭沟壑遍布，也为中国共产党在这里从事军事斗争提供了天然屏障。抗日战争全面爆发后，中国共产党领导下的冀东军区抗日根据地在这里建立起来，冀东军分区司令部、晋察冀边区行政委员会第十三行政督察专员公署、冀东军分区十二团、丰滦迁抗日联合县政府、军分区后方医院、药品储藏所、军械修理所、被服厂、地下监狱、尖兵报社印刷厂等党、政、军机关和单位先后设在这里，潘家峪村也因此成为中国共产党领导冀东抗日游击战争的根据地、堡垒村。

1938 年，冀东人民抗日武装起义（也被称为冀东暴动）取得了胜利。这次大暴动，是中国共产党在敌后组织的一次反抗日本侵略者的伟大壮举。在短短两个多月里，东起山海关，西到潮白河，北从雾灵山，南至渤海滨，20 多个县的广大地区，组成武装整齐的抗日队伍。起义军与八路军协同作战，占领了兴隆、昌平等 9 座县城，横扫敌伪的反动设施，大大激发了冀东人民武装抗日的热情，鼓舞和坚定了冀东人民抗日救国的决心和信念。被日本侵略者蹂躏数年之久的冀东人民一扫愁容，欢欣鼓舞，高唱凯歌。在这次大暴动中，潘家峪有 30 多名青壮年拿起武器参加了抗日队伍。他们打民团、平扰乱、炸碉堡、毁公路、剪电话线，牵制、分散和削弱了敌人的主力，进一步鼓舞了冀东党组织和人民斗志，壮大了抗日联军的声威。曾经的潘家峪村人民依山而居，傍水而生，日出而作，日入而息，春种秋收，男耕女织，在这里繁衍生息，享受着大自然的恩赐，过着平静、和谐的生活，但是日本帝国主义的铁蹄践踏了这片美丽的土地，打破了这个小山村的平静安宁。

正因为潘家峪是冀东抗日根据地的中枢、抗日堡垒村，才成为日本侵略者的眼中钉、肉中刺，但谁也没有想到会发生这样大规模的惨案。

就是这么一个名不见经传的小山村，因在 20 世纪 40 年代发生的一次惨绝人寰的大惨案而为世人所知。农历腊月廿八，驻丰润县侵华日军顾问佐佐木二郎在驻唐山日军司令官授意下，集中了附近十几个据点的 3000 多名日军、2000 多名伪军，布置了一个风雨不透、水泄不通的大包围圈，于黎明前从四面八方赶到这个静谧的小山村，用刺刀把尚在梦境中、沉浸在即将过年喜庆气氛里的潘家峪人，驱赶到村子中间的潘家大院内，用机枪扫射、刺刀挑杀、手榴弹炸、纵火焚烧等灭绝人性的残忍手段，对手无寸铁的村民实施了惨绝人寰的屠戮（全村 1700 人中有 1230 名男女老少惨遭杀害，几十户被杀绝，1000 多间房屋被烧毁，全部财物被抢劫一空），制造了震惊中外的“潘家峪惨案”，把“桃花源”变成了一片废墟、焦土的“人间地狱”。

惨案发生后，潘家峪村仅幸存 470 人，有 200 多人是长期在外村躲避战乱或是做生意的，在本村幸存的仅有 197 人。亲人死了，房屋被烧毁，没有粮食，财物被抢光，潘家峪村民沉浸在无言的悲痛之中。

二

雷烨踏上这块血染的土地，翻过一座山梁，他和警卫员遥望被群山环抱的小村庄。

走进村头，白粉墙上还有“潘家峪”三个大字。道路两旁的树上，钉着长方形的松木牌，写着“排共彻底”“亲日和平”。

映入雷烨眼帘的尽是坍塌的房屋、破墙、瓦砾、草灰、焦炭。

雷烨在村里走着，却看不见烟囱，更看不见袅袅的炊烟，只有几堵刺眼的白墙，昔日的黑瓦与草房荡然无存。雷烨把目光投向山坡野地，那里没有羊群与拾柴草的孩子，也没有一个下地劳作的人。

走在村庄中，村庄是那样寂静，仿佛是处在冬日深夜里，雷烨想起昔日在村里的深夜，那时至少还能听到驴叫。但现在已是午饭时分，虽然冬天的太阳笼罩着这个山村，却再也见不到昔日蹲在墙根晒太阳的老人，再也看不到昔日在暖和的阳光里玩耍的孩童，曾经他们在这里嚷着、唱着、叫着、跳着，嬉笑打闹。

呈现在雷烨眼前的是一片狼藉，遍地是焦黑成炭、模糊不清的尸首，恶腥的气味迎面扑来。

惨不忍睹的尸体堆积着、挤压着，雷烨置身惨案现场，欲哭无泪。他想起，要是在往常，孩子们看到他到来，一定会天真地、好奇地瞅着自己，或是在大人们背后偷笑；只要自己唱一支歌谣，孩子们就会围拢过来，自己也会摸摸他们的脑袋；要是自己说话，姐姐们也许会在弟弟们背后看他，抿着嘴笑。

而此时，这一切都不会再有。雷烨走近孩子们的尸身，无尽的悲痛像一把尖刀剜着他的心。

雷烨看到石桥的岩石下，有一个不过二尺宽三尺深的小岩洞，塞满了苍绿的松枝，洞外未烧尽的灰烬中散落着一地玉米秸。他拿开松枝，吃惊地看到四具焦黑的女尸。

雷烨到现场时，有许多惨状已经看不到了，一些能辨认的尸体已经由亲人收尸。他想，他看到的不过是十分之四五而已。

看到雷烨，村里的幸存者纷纷围上来向他诉说日军的暴行和当时的惨状。

来认尸的青年李姓村民对雷烨说：“日寇杀烧的第二天，我赶来认我姐夫尸首，这大院里是死尸盖着死尸，大院里满满的火苗还熊熊燃烧着，我们这些来认尸的就挑水泼了半天，水泼下去人肉发出‘刺刺’的声响，散发着一阵阵焦臭……”

村民们把火苗泼灭以后，稍微可以辨认的尸身已抬去掩埋了，可见当时乡亲死难数量之多与程度之惨烈了。雷烨看到，可以辨认并且由亲属来认的尸首已经用旧柜当了棺木，死者焦黑的脚露在柜子外面。

雷烨看到，有一个炕席放在南墙根。他走过去打开，看到一具男尸和一具女尸，臂膀弯曲，鼻眼都掉了，肌肉被烧成泥土色。

最让雷烨愤慨的是老人、妇女、儿童的惨死。大院里这些弱者的尸体触目皆是，在尸场中很难将孩子的尸首数清，那些弯曲乌黑的小手，焦黑模糊的小头，焦炭似的小腿、小棉鞋，在大院里随处可见。

雷烨在现场看到，还有很多因无人认领而暴露的孩子尸体，个个都是光着小身子。经过冬雪、严霜的寒冻，经过水泼，小小的尸身蜷缩成僵硬的焦炭形状，不是像病亡时那样平直地躺着，而是弯曲、蜷缩、扑倒，焦黑、碎裂、恶腥。

孩子们的惨死，让雷烨不敢想象当时的惨状，成群的小孩被扔进硫黄烈火里，被压在火堆底下，孩子们挣扎着，煎熬着，想爬又爬不起来，于是被火煎、血熬，挣扎起来而又被扑倒，痉挛、弯曲、蜷缩、肚腹崩裂，绝痛而惨死。半焦黑的孩子尸身上还能发现刺刀的戳伤，以及血污，受伤的孩子先遭受到杀伤的痛苦，在痛苦中又遭受烈火煎熬。

雷烨说："这样的痛苦就不忍想象了，我们的孩子，中华民族的儿童，在不忍想象的痛苦中，被残毒地毁灭了。"

潘家峪的姑娘和妇女遭到敌人奸淫烧杀。一位青年农民告诉雷烨："这些都是年轻貌俊的女子，有闺女，也有媳妇。鬼子把全庄人圈在西大坑以后说让她们去做饭，硬把她们推下白薯窖……我们也是被挑出来做饭的，之后只听到白薯窖里的怒骂、嚷叫、哭号，不一会儿女人的声音慢慢低哑了，又歇了一会儿，突然一声女人的惨叫，就没有声音了。接着看见鬼子爬出窖来，点燃几捆玉黍秸往窖里扔，我们就看见从窖里冒出黑烟。"

雷烨听了这位青年农民的诉说，又目睹了尸首遍地的大院，心里感到无比的沉痛和愤怒，那些平日亲切地称呼自己为同志的兄弟姐妹，那些平日亲切关怀自己的老人，那些平日殷勤为大家做饭的嫂嫂和姐妹，那些平日围着自己嬉笑打闹的活泼的孩子，生前已饱受了灾难，此刻含着无限的仇怨，横尸在夕阳的余光里。

雷烨拿着照相机的手在发颤，他目不忍睹，只能停机闭目，让情绪稍稍平复一点，再继续拍照。映入照相机内的是一具具焦黑的尸骨，一摊又一摊模糊不清的血肉……

雷烨从黑烟、瓦砾里钻出来，看到潘家峪的一位白发老奶奶站在夕阳里向尸首哀号。除了老人的哀号外，听不见昔日里牧羊少年的歌声和老人的咳嗽声。这里没有炊烟，也没有灯光……

雷烨发出呼喊和诘问：“黄昏里，在潘家峪，我们向谁告辞呢？”

三

雷烨同冀东抗日党政领导人丁振军、区长吴玉山等人，在潘家峪村慰问幸存者，并发动附近 22 个村庄的群众 500 多人，带着 1700 多块芦席到潘家峪来料理善后事宜。唐山市的铁路工人、开滦煤矿的工人也纷纷捐钱捐物救济受难群众。

雷烨和政治部的战友们捐出了三千元的医药费，派出医生去救治那些负伤的同胞。

清理尸体的几百名义工都来自周边村庄，他们流着眼泪清理尸首。被枪杀、刺死后又经过烈火焚烧的村民遗体很多无法辨认性别，更无法搞清遇难者的姓名和年龄，许多人已经被烧成焦炭、骨灰。现场有 800 多人被烧得连轮廓都无法辨认，人们能辨认出男尸的就用笔在遗体背上写个“男”字，辨认出女尸的就在背上写个“女”字，孩子的遗体上写一个“童”字，一领席里包一至两具尸体。实在无法辨认的，只好集中起来，然后用芦席代棺木。

潘家峪村的幸存者也从四面八方回到村里，可村子里是那样的荒凉凄惨。人们怀着满腔愤怒走过大南街，出了村，在山坡上挖了两个大坑，东坑埋男尸，西坑埋女尸，公葬自己的同胞。

2 月 5 日，是正月初十。这天夜晚，天阴沉沉的，大块大块的乌云压得很低很低，像要塌下来似的；寒风呼呼地吹着，像是发出了低沉的怒吼。

丰滦迁抗日联合县政府主持了公葬仪式，没有挽歌，没有哀乐，没有纸钱，没有花圈，没有供品，只有在人们心里郁结着的痛苦与仇恨的种子，只有在人们体内翻腾着的热血和报仇的怒火。

送葬的队伍中有工人、农民、战士，有抗日军政领导，有潘家峪惨案的幸存者，有周边自发赶来的村民，他们排成长长的队伍，黑压压的一片，从满是废墟的街道走向山麓，把遇难的乡亲安葬在南山脚下，然后栽上松柏树。

潘家峪村民没有被日寇的屠刀吓倒，在埋葬了死难的亲人之后，马上又拿起武器打击敌人。惨案发生后的第二天，就有 12 名幸存的潘家峪青年报名参加了八路军，并很快建立了 20 多人参加的潘家峪复仇小分队。

1941 年 5 月 9 日，冀东抗日斗争领导人李运昌、周文彬、刘诚光等为了悼念遇难同胞，在火石营村召开追悼大会。会上，冀东军分区政治部主任刘诚光庄严宣布：潘家峪复仇小分队正式合并组编，成立“潘家峪复仇团”（连级建制）。他的话音刚落，会场上响起激昂的口号声：“打倒日本帝国主义”“血债要用血来还”，口号声此起彼伏，久久回荡在无垠的天空。

这期间，雷烨在现场拍摄了大量照片，真实记录了日军暴行，为日寇罪行留下了无可辩驳的铁证。

潘家峪惨案消息迅速传至冀东和各地后，抗战区的军民同仇敌忾，纷纷表示，誓死为死难的同胞报仇！

正在练兵场上进行操练的二营指战员们，一听到这个消息就停止了操练，当即为遇难同胞举行默哀仪式。教导员于禾和战士们向遇难同胞默哀三分钟。在操场中间，于禾眼含热泪，沉痛地对大家说：“日寇又欠下了中国人民一笔血债，血债必须用血来偿还！我们要化悲痛为力量，狠狠打击敌人，誓死为死难同胞报仇雪恨！”

他话音刚落，战士们齐声高喊：“誓死为死难同胞报仇！”

潘家峪惨案激起了二营指战员们心中的愤慨和斗志，他们一直在制定作战方案，寻找机会打击敌人，每天都派侦察员到丰润县城附近转悠，跟踪敌人的行踪。可那段时间，这群屠杀潘家峪同胞的敌人龟缩在城里没有出来。

1941 年 5 月的一个晚上，刘诚光主任带着二营来到城西，在郭官屯安营扎寨。刘诚光召集于禾和营长江士林到村外察看地形，研究制定了详细的作战方案。

江士林营长立即派出侦察员，命令他们去县城附近监视敌人行动，随后又带着各连连长实地布置了作战任务。江士林还不放心，又沿村转了一圈，天黑了才回屋吃饭。

夜里，战士们摩拳擦掌，兴奋不已，有的干脆和衣而睡，准备随时战斗。天刚亮，战士们迫不及待地早早起来打探消息。江士林更是睡不着，比别人起得更早，天刚蒙蒙亮，他一边在村边察看地形，一边等待着侦察员。不一会儿，他就看到两个人健步如飞，转眼间来到跟前，正是他们前一晚派出的侦察员。

江士林急忙问：“情况怎样？”

侦察员气喘吁吁地说：“敌人出来了，有百余人，敌队中间还有牲口驮着重武器，估计可能是重机枪。他们正顺着大道往这边行进，我们从小路上跑回来了，估计敌人离郭官屯不远了。”

江士林说：“好，终于等来了这帮龟孙子。”他急忙跑回营部，命通讯员跑步到各连下达作战命令。

各连队迅速按前一晚布置的任务，进入阵地，准备战斗。

担任火力任务的队伍进入阵地后，为防止暴露目标，队干部又仔细检查了隐蔽情况，静静地埋伏着等待敌人。

担任突击任务的队伍进入出击阵地，上好了刺刀，准备战斗。

天已大亮，刘诚光和江士林、于禾站在村边的隐蔽处向东边观察着。只见敌人的队伍由远及近，大摇大摆地向村里进发。

等敌人进入伏击圈，江士林朝走在前边的敌兵连开数枪，几个敌人应声而倒。

枪声就是命令。火力部队迅即向敌人发起猛烈进攻。各个阵地上的枪声随即响起，手榴弹爆炸腾起的烟雾弥漫在村庄上空，阵地上响起一片喊杀声。

前面的敌人很快乱了阵脚，措手不及，无法招架，几乎被全部歼灭。等后面的部队赶上来，江士林命令突击队冲出战壕，近距离和敌人展开战斗。突击队员们向敌人的后队冲上去，但由于敌人后队火力很猛，一时无法继续前进。江士林命令火力队从敌人的背面发起进攻，终于把敌人的火力压了下去，突击队乘机向敌人发起冲锋。

为了确保战斗胜利，江士林又组织了第二支突击队。他亲自带着突击队由村南迂回到敌人南侧，以迅猛的动作扑向敌人的重机枪阵地，在敌人阵地上开展肉搏战。

敌人受到几面夹击，终于溃不成军，败下阵来。日军指挥官佐佐木二郎带着少数残余部队弃甲逃回城里。

刘诚光和于禾在村口迎接凯旋的战士们，他们抬回阵地上缴获的一挺挺重机枪。刘诚光心想应该开个庆功会，却始终不见江士林的身影。

抬着重机枪的战士们个个流着眼泪，大家这才发现最后面抬回来的是江士林营长的遗体。在打扫战场的时候，又发现了部队请来讲课的张补益老师的遗体，他是主动参战和战士们一起冲向阵地的。

这个胜利的战场，顿时变成了追悼会场。刘诚光和于禾流着眼泪，和全营指战员一齐摘下了头上的帽子，肃立在他们的遗体旁边低头默哀。

受重伤的小胡躺在担架上，忍着疼痛挣扎着抬起身说：“我亲眼看到江营长、张补益老师冲向敌人。这些重机枪上的一片片血红，是江营长和战士们的鲜血染红的。”

小胡又说：“这回让佐佐木逃回了城里。这次便宜了这个狗东西，他蹦跶不了几天了。”

于禾尽力抑制住悲愤，说：“我们要记住这些重机枪上的鲜血痕迹。今后要用这些重机枪消灭更多的敌人。”

刘诚光对两位战友的牺牲异常悲愤，他说：“潘家峪惨案造成一千多名无辜同胞遇害，今天我们又失去了两位亲爱的战友。江营长、张补益老师，他们赤诚为革命献身的精神，将永远留在人们的心中。我们要化悲痛为力量，踏着烈士的血迹继续前进，直到抗战胜利，直到全国胜利！”

战友们把江士林营长和张补益老师的尸体埋在一个地方，并在他们的墓前立一木牌，以便将来祭奠他们的亡灵。

雷烨对江士林、张补益的牺牲感到无比痛心。他想，一定要尽快把潘家峪惨案向世界公布，把战区军民英勇顽强的战斗精神告诉全国人民。

雷烨离开潘家峪后，来到小战友吴邦的老家丰润县古石城村，这里离潘家峪有几十里路，也是根据地的堡垒村，群众基础好，相对安全。房东正是吴邦的父亲，也是一位老革命，雷烨平时经常住在这里。雷烨躲在地窖里流着眼泪写下了通讯《冀东潘家峪的大惨案》，以“朱靖”为笔名发表在 1942 年 4 月 9 日的《晋察冀日报》上。雷烨是冀东潘家峪惨案的第一报道人，他以战地记者的身份在现场以通讯的形式，向全国、全世界揭露和控诉了日本法西斯丧失人性、令人发指的残暴罪行。

冀東潘家峪的大慘案
朱靖
北岳區青救總會發佈
關於紀念「五四」的決定
宣傳要點

刊登在《晋察冀日报》上的通讯
《冀东潘家峪的大惨案》

除了这篇通讯和大量照片外，雷烨又写了一篇文章《惨案现场视察记》（未发表），更具体地记录了惨不忍睹的惨烈场面，交给当地一位同志收藏。

雷烨向世界报告冀东潘家峪惨案，向世人撕开了日本所宣扬的“中日亲善”“东亚王道乐土”等伪装，揭露了它狰狞凶残的真面目。雷烨的照片和报道公开后，全世界善良的人们无不愤慨谴责！潘家峪这个在地图上很难找到的小村庄，用英勇不屈的斗争向世人昭告：中华民族是不可战胜的！让我们记住它，永远记住它！

第五章
战时军政教导大队

一

1942 年初春，军政教导大队开学典礼在冀东木厂口村隆重举行。

迁安西南部的山地里，残雪还覆盖着山野，南风挟着春的气息吹拂着；报春的燕子在农舍、树梢间飞来飞去，它们呢喃的梵音为冀东的早春带来生机；遍地是新生的野草，白茸茸的蒲公英、粉嘟嘟的小红花、蓝莹莹的喇叭花点缀着原野，根据地充满勃勃生机。

雷烨一大早就来到村中的空旷地，和同志们一起布置会场，他们用松枝搭起背景，辟出主席台，整出一片平地。不一会儿，一队一队的学员迎着初春的晨风，走向会场，他们唱着嘹亮的歌曲，迈着整齐的步伐，雄姿勃勃，威武昂扬。来到会场后，各队都按照指挥员的口令站成方队，然后就地而坐，在热烈的气氛中等待着开学典礼的召开。

参加军政教导大队学习的，都是各区队经过层层选拔推荐的冀东抗日武装斗争骨干。开学典礼是每个学员盼望已久的，也是冀东根据地建设的一件大事。

冀东大地，绵延起伏，宛如山的海洋，在人民群众的支持下，八路军在这里如鱼得水；中国共产党像一颗种子，深深扎根在晋察冀人民的心中。到 1942 年初，在滦河以东、青龙河以西的几百个村庄里，都组建了抗日组织，冀东抗日游击根据地逐渐形成、巩固。根据形势发展需要，八路军急需大批干部，因此，冀东军区决定成立军政教导大队，自己培养干部队伍。雷烨身兼数职，既是军区宣传科长，又是组织科长，他为筹备开学典礼做了大量细致、严谨的准备工作。

开学典礼在热烈欢畅的气氛中拉开了序幕。

李运昌司令员、刘诚光主任迈着矫健的步子走向会场的讲台，全体学员起立敬礼，会场上响起了雷鸣般的掌声。

军分区的两位领导人讲话之后，由教导大队队长宋国祥宣布了学习计划，并向学员们介绍了各课程的任课教员。开学典礼在欢唱抗日歌曲的热烈气氛中结束。

第二天，教导大队西移王家子湾村进行集中授课学习。

王家子湾群众基础较好，这里群山环抱，环境比较安静，很适合大家学习。

这期军政教导大队共有 4 个区队和 1 个绘图班。除二区队为政治队外，其他 3 个区队都是军事队，4 个区队共有学员 300 多人。政治队中只有少数军事干部，大部分都是担任过连队指导员的政工干部。军事队里全是担任过营、连、排长的军事干部，连级干部居多。另外，还有一批地方干部旁听某些课程。

雷烨给学员们上政治文化课，他常常从冀东形势开讲，再讲到文化的重要性，并传授各种文化知识。由于他的讲课很接地气，又有很强的鼓动性，因此受到学员们的热烈欢迎。没有课时，雷烨就坐在最后面跟班，因此他对学员们的整体学习情况了如指掌。他还常搜集学员们的意见，及时调整教学安排。

之后，由教导大队的教导员刘光涛讲连队政治工作，周家美讲游击战术，课程一堂接着一堂，学员们进入了紧张的学习生活，他们热情高涨，斗志昂扬。

早晨，王家子湾的山地开始活跃起来，天上白云朵朵，阵阵微风吹拂，山坡上三三两两的农民正辛勤地劳动着，他们天没亮就起来干农活了。

学员们比农民们起得还要早，农民们刚出门干活时，村边操场上就已响起了跑步声。

全大队学员跑步集合后，各区分区队各自进行各种军事科目训练。

操场上整齐一致的跑步声、各种军事科目的哨声、教练刺杀的喊杀声，汇成一股强大的声浪，冲击山谷的回声似大海的波涛，一浪高过一浪，大有吞噬日寇的勇猛之势。

雷烨在组织教学的同时，还规定各班早操时都留下一个战士做好内务，同时他还为学员们的伙食操心着。

这天，村里的几位老大伯挑了玉米面到教导大队慰问，雷烨热情地接待了他们。

带队的一位村干部说："村民们看学员们太累，体力消耗大，我们把高粱面留给村民，给你们换成玉米面。"

雷烨说："我代表军政教导大队，向村民们表示衷心感谢。我们一定要抓好集训，培养一批干部，为反'扫荡'做好战斗准备。"

村干部说："军队和咱老百姓本来就是一家，打败日寇是我们共同的目标。"

雷烨和村干部的手紧紧地握在一起。

第二天早上，二区队一班的值班战士丁志留在宿舍值班，他忙着烧洗脸水、清扫住处、打饭等杂活。

丁志去打饭的时候惊呆了，往日早饭是高粱面粥，今天的粥却改变了颜色，就问大师傅："今天的粥怎么由红色变成黄色了呢？"

烧饭的大师傅说："往日那红色的粥是用红高粱碾碎后煮成的，本地人称它为高粱面糊糊粥。今天的粥是用碾碎的玉米煮成的，所以变成了黄色的。"

大师傅又说："我们真得感谢村民们呀，他们把上好的玉米面留给学员们。"

丁志高兴地转身端着一盆玉米面粥回到宿舍，他给每人盛上一碗凉着，把刚领来的咸菜疙瘩切成细条，在每个碗里放上几条，随后又舀来三盆洗脸水放在地中央，等着大家出操回来洗脸、吃饭。

他刚忙活好，学员们就收操回来了。

有一位学员在训练休息时向宋大队长提意见，说："大家反映，觉得吃早饭的时间太短。"

宋大队长立即说："这个问题，我晚点名正要专门说呢。"按照作息时间表，早晨五点半至七点半是早操，八点开始上课，早饭时间包括洗脸在内是半小时。

晚上，教导大队集合晚点名，宋大队长说：“现在有人觉得吃早饭时间短。我也认为时间短。但请大家思考一下，现在是什么时候。”他停了停，说，“现在是战时，随时准备奔赴前线作战。我们到这里学习，绝不是来享福的。我们必须争分夺秒，把有限的时间用于训练学习。更重要的是，我们要增强来之能战、战之必胜的斗志，把我们的军队训练成钢铁之兵！”

宋大队长陡然提高音量：“现在我宣布，从明天开始，早饭时间再减十分钟，由半小时改为二十分钟。同志们，有没有信心？”

“有！”300 多名学员齐声立正喊道。

从此以后，学员们早操回来就全副武装不下身，出操回来急忙洗脸、吃饭，一刻也不敢松懈。这样的生活虽然紧张些，可当它成为学员们的自觉行动后，教导大队更有战斗力了。

二

晚点名以后，各区队都围坐在煤油灯下开班务会。雷烨来到二区队一班，和学员们一起参加讨论。

大家看到雷烨来参加他们的班务会，发言十分踊跃，气氛非常活跃。

班长杨子林先发言。他说得很全面，对一天的课程做了梳理归纳，大家觉得对消化学过的知识很有帮助。

贾参谋说：“班长，你记得这么详细，我们看看你的笔记本。”说着伸手去拿班长的笔记本。

杨子林迅速把笔记本往屁股下面塞，不料被眼疾手快的贾参谋一把夺了过去。贾参谋翻开笔记本，一下子傻眼了，上面只有歪歪扭扭的几个字，还有一些符号示意图，看了好久也不知道表示的是什么意思。

杨子林只好说实话："我是从特务二连连长岗位上调来学习的。我十几岁就当雇工，连学校大门都没进过，会写的字都是参加革命以后才学会的。"

雷烨就问："那你凭什么来记忆呢？"

杨子林说："我靠脑子记，再就是用符号，比如阵地，我就画一座山；鬼子，我就画一挺重机枪；晚上，我就画一个月亮；白天，我就画一个太阳。"

说得战士们都哈哈大笑起来，他这种图画式的记忆方式，让全班人都感到吃惊。

副班长牧野是从十二团特务连连长的岗位上调来学习的，他是旧行伍出身，军事科目他都懂，对一班学员帮助很大。这会儿，他看到一个学员早操练刺杀时震裂的双手虎口上还有血迹，就马上用自己随身携带的橡皮膏给他涂抹裂口。

班务会还进行自我批评。贾参谋在一班里学军事课属于最差的，他原来是侦察参谋，是侦察工作的行家里手，不论敌情多紧张他都能搞到情报。可是，由于长期单独活动养成了散漫的生活习惯，一遇上这种严格的军事生活他就吃不消，所以他在班务会上经常成为被批评的对象。

大家你一言、我一语，说得贾参谋的脸红一阵、白一阵。

班长杨子林把大家对贾参谋提的批评意见归纳为两条，说："第一条是，我们当前打仗的特点是靠近战取胜。不论是伏击战还是突围战，都是打近战。近战取胜的条件，除指挥方面和战士情绪方面的因素之外，在技术上就是刺杀要有力，投弹要远，射击要准。第二条是，刺杀、投弹、射击这三门技术课，人人必学，担任领导工作的人更得学习，只有掌握了这三项技术，才能立于不败之地。在战斗顺利的时候，有了这三项技术可以多消灭敌人；在战斗不顺利的时候，有了这三项技术可以化险为夷。”

雷烨说：“今天的班务会开得很好，大家畅所欲言，我听了也很受启发。班长说的两条，既是对贾参谋的帮助，也是我们全班人的共识。我们要营造‘团结、紧张、严肃、活泼’的教学氛围，学好各项军事本领，回到部队带好兵，打好仗。”

班务会结束以后，雷烨特意带着贾参谋到外面散步谈心。

村边的小溪流是滦河的一个小支流，溪水顺着山根涓涓流淌，月光下澄清的河水泛起微波，空气里弥漫着春的气息。

雷烨和贾参谋一边走着一边谈着。雷烨说：“今天晚上，大家说得有道理呢，我记得你还是高中毕业，也算是知识分子呢！”

贾参谋这时有些豁然开朗，说：“我虽然也是高中毕业，可比起曾乃、华力文这些担任过连队指导员的知识分子就差多了。”他心里想，凡担任过指导员的人都是跟战士一样，受过部队严格生活的锻炼，所以来到教导大队以后很快就适应了这里的生活习惯。因为他没有这种经历，所以在操场上就难免“吃小灶”。所谓“吃小灶”，就是在别人休息的时候，他还得被拉到一边进行个别训练。

雷烨说：“部队是一个大熔炉，每个人都要在大熔炉里锻炼自己。相信你一定能成为合格的学员、优秀的学员。时刻准备着，在抗日的战场上奋勇斗争。”

贾参谋立正向雷烨敬礼，说：“是！”

自开学以来没有受过敌情的干扰，各区队的学习一直在按计划进行着，就连星期天的课程也是安排得满满的。按照大队的安排，计划在某个星期天的下午开一次联欢会。各区队都给筹备节目的人减少了半天的课程。为了准备节目，在课余时间各区队也有人在忙碌着，雷烨和曾乃、华力文等几位活跃人物最忙，他们不仅自己准备节目，还要指导全大队的节目排练。

到了星期六的晚上，教导大队转移到了马蹄峪，刚到宿营地，雷烨和曾乃等几个主持联欢会的人就忙起来了。他们走家串户地借东西、请村民帮助搭台子……一直忙到深夜才算准备出了个眉目。

马蹄峪是滦河南岸高山峡谷中的一个大村，这里离敌人的据点较远，环境比较安静，所以这里又成了教导大队的第二个课堂。这里的农民都很穷，文化水平也很落后，有些人一辈子都没有看过戏曲节目，他们一听说部队要演节目，午饭后都没有下地干活，老早跑到了舞台周围，等着看部队演戏。

联欢会的舞台搭在了西山坡上，还不到下午两点这里就已经坐满了人。曾乃是节目主持人，当他宣布联欢会开始之后，由各区队的青年们组成的歌唱队走上了舞台。在一片掌声中，由二区队的学员白云龙担任指挥的大合唱开始了，虽无乐队伴奏，由于唱歌的人感情充沛，歌声洪亮，获得了台下的热烈掌声。两支抗日歌曲过后，由曾乃担任主角的话剧《日寇的暴行》开始。舞台上首先出现的是一群善良的农民在田间劳动的场景，随后就出现了“日寇的讨伐队”，这群凶恶残暴的敌人，奸淫烧杀无恶不作，他们对农民施暴的场景一场接着一场。台下的观众有的为遭难的“群众”发出同情的哀叹，有的指着“日寇”怒骂……当场上出现由曾乃扮演的老农民领着大家对敌斗争时，台下观众鸦雀无声，都以期待的目光注视着对敌斗争的结果。舞台上，头一次遭敌“扫荡”摧残之后，农民们吸取了教训，老农民领着大家坚壁清野，躲过了敌人一次又一次的“扫荡”。当演到一群敌人在途中遭到武装报国队的伏击时，台下的观众指着狼狈溃逃的“日寇”大骂：“这群狗强盗早就该死！”许多人情不自禁地喊道：“打得好！狠狠地打呀！”

话剧结束后，舞台上呈现了优美动听的京剧清唱——由白云龙唱《女起解》《凤还巢》，他长得眉清目秀，白皙的长圆形脸上戴着一副水晶石的眼镜，是一位很好的旦角人才。白云龙喜欢京剧，在当教员时曾下功夫练习过京剧唱腔，在清唱方面有些功底，他清脆的唱声，甜润细腻，优美动听。给他伴奏的是丁志，他在业余时间练习京胡，有了一定的功底。两个人配合得协调默契，获得了台下观众的热烈掌声。

节目一个接着一个，一直演到晚饭时才散场。山区的群众都是恋恋不舍地离去的。

教导大队学员们的伙食水平不高，每天的早晚饭是稀粥，中午是小米饭，只在午饭时给每班一盆熬白菜或熬萝卜，早晚饭仅给一点咸菜。就是这样低的生活水平，学员们也不愿离开教导大队，总想在这里多学习几天。可是敌人是不会顾及学员们这种愿望的，刚刚学习了两个多月，敌人的第四次“治安强化运动”又开始了，许多学员怀着遗憾的心情提前离开了教导大队。

三

1942 年春，日本华北方面军发动第四次“治安强化运动”，冀东再次成为日军“扫荡”的重点。为了粉碎敌人的进攻，冀东军政教导大队决定提前结束集训，大部分学员回部队“迎接”敌人大“扫荡”。

雷烨带着余下的 50 多名学员来到承德宽城县南天门，打算在山里继续完成学习计划。

宽城县南天门地处长城口外，这里虽然敌人据点多，但山高路陡，相对还是隐蔽的。雷烨他们选择在山腰的农舍里住下来，开始最后的学习阶段。相对于王家子湾，这里的条件更为艰苦，但雷烨和学员们克服困难，投入紧张的学习生活中。他们每天 24 小时安排学员在村外站岗放哨，以防敌人的“扫荡”。这天晚上，雷烨和 50 多名学员挤住在半山腰的几家农舍里，不料只睡了几个小时就发现了敌情。

在村外站岗的学员跑回来，向雷烨报告：“距住地仅隔一条山沟的对面山上，有黄乎乎的东西在移动着，看不清是什么东西。”

雷烨一边命令教导大队紧急集合待命，一边立即带着同屋住的几个人，以最快的速度跑到村边去看。这时已经是黎明时分，可以隐约看到对面不远的山上，敌队前行的轮廓。

雷烨说：“不好，敌人往这边来了。”

雷烨让一名学员跑步回住地，让大家马上往山的西面转移。情况瞬息万变，意料不到的事情又发生了。学员们出村刚走不远，就被从山的西边过来的敌人打回来了，这时不但东边、西边都有敌人，就连住地的山顶上也响起了枪声。

雷烨当机立断，命令说：“同志们，往北紧急突围！”因为当时只有往北有一条生路，越过山下的公路，才能上北边的大山。

说时迟那时快，雷烨带着 50 多人一拥而上，像箭离弦似的一直冲到山下。山下公路边是一个大村庄，也有敌人驻守，在村边站岗的敌人被这突然冲下来的人群吓愣了，边朝学员打枪边往村里跑去。就在敌人哨兵回村报告的间隙，雷烨和 50 多人一起冲过了公路，迅速往北大山上爬去。

雷烨对学员们说：“我们必须冲出去，坚持到最后！”雷烨带着 50 多人组成的部队奋力往北大山方向攀爬而行。身后传来一阵射击声，一些子弹呼啸着飞过，部队在浓密动荡的硝烟中奋力前行。

临时党支部书记张福庭大声说着：“雷科长，你带部队往前冲。我担任后卫。”

张福庭留在部队的最后，临危不惧，他边打枪阻击追敌，边往山上爬，掩护着大家上了山。当他爬到山腰的时候，敌人已经追到近前，这时他的子弹已经打光，他刚回身准备和敌人死拼的时候，身中数弹，倒在了血泊之中。

雷烨和部队爬上北大山以后，对追上来的敌人进行猛烈回击。他们占据高地，把仇恨的子弹射向敌人，一个个敌人尸横山腰。经过一个多小时的激烈战斗，他们终于把敌人压了下去，溃败的敌人只得弃甲丢枪躲回据点里。

硝烟慢慢散去，雷烨带着学员们从北大山的山岗下来，却找不到张福庭。

村里的老乡说：“受伤的张福庭被反绑在承德瀑河边的白杨树上，敌人用铡刀铡断他的喉管，把头挂在大树上。”

雷烨组织学员和乡亲们一起赶到瀑河边，把张福庭的尸体偷偷地抢运回长城口外，把他秘密地安葬在瀑河南岸的松林里。

这就是百姓称颂敬仰的无头英雄，至死不屈的青年共产党员张福庭——晋察冀军区第 13 军分区的子弟兵，冀东暴动时代的少年枪手，冀东军政教导大队临时党支部书记。

瀑河村的农民在墓前供着粟米饭。这是农民们心里的秘密坟墓。

雷烨和学员们在张福庭的墓前排成整齐的队伍，大家脱掉帽子，向烈士默哀致敬。

张福庭这位年仅 24 岁的小伙子，凭他的体力是可以早早跑到山上的，在这生死关头，他把这生存的机会让给了别人，用自己的生命阻挡了敌人前进，使大家能爬到山顶。张福庭从十几岁入党以后，就跟着张志超、王子仪等同志出生入死地战斗多年，最后把一腔热血洒在了塞北的高山上。

雷烨说："张福庭同志的高尚品德永远值得我们学习，他伟大光辉的形象永远活在我们心中。我们一定要继承他的遗志，化悲痛为力量，尽快完成教导大队的学业，回到我们各自的战斗岗位，为民族解放贡献我们的青春力量！"

在张福庭的墓地，雷烨和 50 多名学员齐声高喊："血债要用血来还！誓为死去的战友报仇雪恨！"

雷烨带着教导大队 50 多名学员在十分艰苦的条件下完成了既定的学习任务。

这个时候，冀东的抗日主力部队也转移到了长城口外，教导大队相对安全了。

李运昌司令员、刘诚光主任来到教导大队营地，看望突围的雷烨和教导大队学员们。雷烨流着泪向首长报告突围经过，为失去了一位亲密战友而悲痛万分。

50 多名学员即将结束学习，奔赴各自的部队。雷烨和学员们利用夜晚时间举行篝火晚会，战友们依次发言，依依惜别。

篝火燃起来，周围的一切仿佛突然跳动起来，战友们的脸颊被烤得炙热起来。

冀东军政教导大队即将完成历史使命，经过三个月紧张艰苦的学习，还经历了南天门突围，学员们成为生死之交。劫后余生，大家相拥而泣，都舍不得这最后的分别。也许，这是他们生命中的最后一次见面；也许，他们随时会在黎明前的黑暗中倒下不再醒来。

这是生离死别的最后聚会，这是奔赴前线的最后相拥。死去的，不再生还；活着的，不知预期。大家都准备着随时牺牲，但每一个人的生活都和抗日战争紧紧联系在一起，每一个人的命运都和中华民族的利益紧紧联结在一起。

雷烨作了最后的演讲，他说：“亲爱的学员们、战友们、同志们，我们冀东军政教导大队经过三个月的紧张学习，即将毕业分别，奔赴各自的部队，到前线去参加战斗。看看我们的冀东大地，看看我们的晋察冀边区，烽火漫天，血战遍野，中华民族正在遭受着空前浩劫，人民的创伤是这样的苦难深重，抗日的战斗是这样的悲壮惨烈。我们都是有志的热血青年，我们来自五湖四海，为了一个共同的目标走到一起，就是为了拯救中华民族，为了人民的自由解放。我们正在为争取最后的抗日胜利做着无上光荣的工作，只有这样才不会于这世界上空跑一趟！”

雷烨接着说：“我永远不能忘记，欢送第四期学员上前线大会上的壮观场面，尤其是毛泽东主席的致辞，让四千多青年学员群情振奋。四千条喉咙合唱出我们的毕业歌……今天，你们也将回到各自的部队，你们很快就会奔赴前线，大显身手的时候到了，坚决战斗的时候到了，为国献身的时候到了。我们盼望着大家在前线建功立业，让我们再见在抗日的阵地，让我们再见在抗日的前线，让我们再见在抗战胜利的一刻！”

雷烨停了停，他的声音变得低沉，喉咙里有些哽咽，说：“要奋斗就会有牺牲。我们取得了辉煌的胜利，但也付出了巨大的代价。数以万计的共产党员、八路军战士和游击队员，把满腔热血洒在了晋察冀土地上。在我们教导大队，临时党支部书记张福庭为了掩护我们突围光荣牺牲，他用死换来我们的生，他用自己年轻的生命换来我们继续战斗。张福庭和无数先烈在战斗中英勇捐躯。这些先烈，永远值得我们纪念！”

雷烨最后说：“日本侵略者还会对冀东发动更大规模的‘扫荡’，我们现在被迫向口外长城一线山区转移。我们的斗争仍然会更艰巨、更激烈、更活跃，但我们也一定能巩固抗日根据地，扭转严峻的形势，直到取得华北胜利，全国胜利。同志们，让我们为全民族伟大的抗日战争的胜利流尽最后一滴血！同志们，曙光就在前面，黎明就在眼前，我们随时准备着，在前线为国捐躯，奉献青春！”

在熊熊的篝火旁，学员们一起唱起《华北联大校歌》：

跨过祖国的万水千山，
突破敌人一层层的封锁线，
民族的儿女们，联合起来！
到敌后方开展国防教育。
为了坚持华北的抗战，
同志们我们团结，
我们前进，
我们刻苦，
我们坚定。
国土要收复，
人民要自由，

新社会的创造，
要我们担任。
努力学习革命的理论，
培养我们革命的品质，
我们誓死绝不妥协投降，
战斗啊胜利就在明天！

第六章
来自冀东的报道

一

到达晋察冀军区后，雷烨主动要求到冀东热河最前线进行采访。他在前线一边采写新闻通讯和报告文学，一边拍摄新闻摄影作品，把文字新闻和图片新闻结合起来，图文并茂，起到了很好的宣传效果。

冀东地区敌寇据点星罗棋布，壕沟纵横交错，环境十分恶劣。敌寇的“扫荡”和八路军的反“扫荡”异常频繁。在这样残酷的斗争形势下，雷烨先后担任冀东军区的宣传科长和组织科长，他每到一处都深入地和人民群众、部队战士结合在一起，发动、组织和领导了群众性的对敌斗争。

1941 年 6 月，晋察冀边区召开第一次文化界代表大会，建立了晋察冀边区文化界抗日救国联合会，大会选举雷烨等 17 人为该会执行委员，这 17 人都是文化界知名人士，如成仿吾、邓拓等。

在繁忙的战斗间隙，雷烨一刻也没有停下手中的笔和相机，斗争磨砺了他写作的笔锋，激发了他揿动相机快门的创作灵感，他的文章和摄影作品，具有强烈的战斗气息，透露出一股与塞外大漠和残酷斗争相交融的苍凉悲壮之美。

雷烨的来自冀东的报道，揭露了日寇惨绝人寰的兽行，《潘家峪惨案》《刀与火下的老人》和《无人区》等新闻摄影作品，是雷烨怀着满腔愤怒，拍摄的日寇血腥屠杀的铁证，照片中的尸骸都是手握拳头、呼号苍天的样子，使人们想象到他们死时的壮烈，每一个看到这些照片的人心中都会激起无比的愤慨和怒火。

这一时期，雷烨的《塞外篝火》《滦河晓渡》等新闻摄影作品，给人以瀚海大漠、狼烟风尘一般的邈远而深沉的历史感。

在《塞外篝火》中，篝火熊熊，烟雾滚滚，冬日冷漠的阳光，给烤火的战士那伟岸的身影披上了轮廓光，给人一种“寒光照铁衣”的悲壮之美。在《滦河晓渡》中，冀热辽军区的八路军英雄挺进敌人后方，将在滦河以东和北宁路南地区点燃抗日斗争的烽火。画面中，一名八路军战士正在奋力撑篙，其他八路军战士或坐或立，眺望对岸，远处的崇山峻岭耸峙着，这一切仿佛都凝固在一种惊天动地的壮举之前的沉静肃穆之中。这微寒的春日拂晓，这波涛滚滚的滦河，使人想起荆轲当年“风萧萧兮易水寒”那种苍凉悲壮的英雄气概。

雷烨的来自冀东的摄影作品，揭露了日寇的暴行，报道了军民同心的壮举，刻画了八路军英勇顽强的精神。他的作品是抗日前线真实的写照，是抗战斗争的号角，是边区人民前行的力量；他的作品在晋察冀地区、在全国抗日战争中产生了广泛的影响，他也因此成为解放区新闻摄影战线上的英勇战士。

刊登在《晋察冀画报》上的《滦河晓渡》

二

雷烨在冀东随军转战进行战地采访，向《晋察冀日报》发回了大量的报告文学、通讯、消息和摄影作品。由于当时处于战争年代，也许有许多报道是用笔名发表的，随着时间的流逝，这几乎无从考证。现在我们看到的以“雷华”“朱靖”等笔名撰写的系列报道，都是雷烨的代表作。

《那是，从喀喇沁赶来的牛群》《我们怎样收复了塞外的乡村》《塞外，新收复的乡村为什么拥抱子弟兵》，分别在 1943 年 2 月 26 日、3 月 5 日、3 月 11 日于《晋察冀日报》上发表，这三篇报道前后衔接，互相呼应，报道了侵华日军及其傀儡伪满洲国统治下的热南地区人民极其艰辛的生活情景，报道了八路军到来后唤醒群众起来斗争的激情，报道了八路军转战热河、开辟新区的辉煌成果。

雷烨在那个朦胧的月夜，随小队行进在塞外的纳尔河上，看到从喀喇沁赶来的牛群。自从八路军辗转到草原以后，喀喇沁的人们才把牛群向口里赶去，卖掉牛群，换回食盐、布匹、杂货。

雷烨随军的部队在青龙县奇袭敌人，小队和敌人在山岭上周旋，沿着山脉移动，沿着河流移动，移动到草原的边际。他们把村长召集起来开会进行政治宣传，告诉他们八路军是什么军队。

部队和百姓成为水乳交融的一家人，夜里大家围在火堆旁，篝火映红了人们的脸，一位母亲像对待自己的儿子似的和队员说话，小队长瞅着姑娘们笑着说话。

姑娘们青春的眼睛里闪耀着红色的枪带子——草原上的星星知道，牛群也知道，姑娘们心里荡漾着红色的枪带子。在日伪统治下，人民的生活是那样的极端困苦，没有盐，没有铁犁，也没有红布。八路军的到来，给热南人民带来了希望，一批年轻人加入八路军的行列，参加了抗日斗争。这之后，草原上赶着牛群、赶着骆驼的人们，从冀东载回来银色的盐、新的铁犁，还有红红的布，更惊奇的是，人们带回来“八路军打出长城”的好消息。

那个宁静的夜晚，队伍宿营在纳尔河上，雷烨瞭望遥远的山峰，还有那黑色的仿佛在微微波动的海面，愉快地、低声地唱着赞美喀喇沁——草原边际的小曲：

红色的枪带子呵！
——飘忽喀喇沁。
草原的姑娘！
——唤回她家的牛群。
银色蒙蒙的雪花呵！
——卷旋在喀喇沁，

红色的枪带子呵！

草原的姑娘

——唤他回牧村！

雷烨在《我们怎样收复了塞外的乡村》中，报道了八路军在承德县境，以“三大纪律”“八项注意”等优良作风取信于民，巧妙地收复乡村。八路军在山林中风餐露宿，秋毫无犯。但是，老乡们不知道这是八路军，他们吃尽了日伪军轮番“扫荡”的苦头，因此，都跑到深山老林里躲起来。经过八路军耐心地呼唤和解释，才把老乡们都叫了出来。经过一段时间的接触，八路军取得了老乡们的信任和拥护，军爱民、民拥军，军民成为一家人，筑成了一个个抗日的坚强堡垒。

在那个塞外十月的夜里，雷烨看到农民们在泥盆里燃烧着桦树枝，还有人没有睡下，那是营长、教导员、村长三个人。村长向其余两人说出自己的疑虑，要求队伍不要打仗，打了仗，他怕敌人到村里残酷地报复。

营长、教导员他们早已考虑到，在新收复的乡村，长年忧虑的人民是再也经受不了敌人残酷的报复了。为了保护村民，避免敌人到村里进行残酷的报复，八路军进入山林隐蔽，宁可风餐露宿，也不连累乡亲们。

《塞外，新收复的乡村为什么拥抱子弟兵》，报道的是承德县瀑河沿岸人民拥护八路军的故事。

雷烨和部队突击组在海拔 700 米的山顶行进着，大雪掩盖了滦河两岸的山林，那时正是突击组对关东军“满洲军”作战的日子。

在那个残酷艰苦的战争年代，老乡们尽管过得已十分困难，但还是想方设法，热心招待和欢迎八路军。曾经生活在水深火热之中的老百姓对未来充满了信心，他们看到了胜利的曙光。只要我们团结，坚决斗争，配合世界反法西斯力量对敌人予以打击——离报仇雪耻之日已经不远了，团结起来，发动起来，准备迎接反攻的胜利！

三

雷烨把延安文艺精神带到冀东，团结冀热地区的文艺工作者和文艺爱好者，在遵化县（今遵化市）鲁家峪发起并组织了文艺团体“抗战文化社”和“路社”，开辟了边区新文化运动的前进道路；创办了《路》《文艺轻骑队》《国防最前线》等刊物，为文艺爱好者提供了发表文章的平台。这些刊物体现了“国防教育”的精神，代表着当时冀东抗日文艺创作的最高成就。

冀东文艺新团体和文艺刊物的问世，给冀东艰难困苦的抗战带来一缕春风的温暖和希望的曙光，既活跃了冀热地区的文艺创作，又起到团结人民、宣传人民、打击敌人、消灭敌人的革命作用。雷烨在冀东军民中赢得了很高的威信，他被誉为优秀文艺工作者。

雷烨在《国防最前线》创刊号上刊登了他的第一首诗《中国的海燕》，署名“任众之”。

对于雷烨作品的署名还有许多未解之谜，从《文艺突击》《八路军军政杂志》到《晋察冀日报》《文艺新兵》，再到《救国报》《尖兵报》《路》《文艺轻骑队》《国防最前线》，雷烨发表了大量的通讯报道、报告文学和诗歌，但常常用各种笔名、化名，署名“雷烨”的作品并不多见，有待于后人进一步研究考证。

从 1941 年到 1943 年春，雷烨一直关心着创建冀东文艺队伍。早在

1941 年，冀东军区只有一支宣传队，队员只有十几位十几岁的小青年，那时他们用唱歌、快板、舞蹈等简单的方式来丰富部队的文艺生活。

雷烨是一个追求完美的理想主义者，他一直在思考怎么把这支宣传队建成部队的文工团，让它真正发挥文艺服务大众的功能。

1941 年底，晋察冀巡视团来冀东巡视，团里有一位懂文艺工作的同志张芸青，这让雷烨喜出望外。

在冀东前线，雷烨和张芸青不期而遇，并结下深厚友谊。在雷烨的挽留下，经过组织批准，张芸青留了下来，他们在宣传队的基础上组建了冀东文工团。

由张芸青担任团长的冀东文工团积极开展了敌后宣传工作，给前线战士很大的鼓舞。但不久后，敌人的第五次“治安强化运动”来势汹汹，由于环境异常残酷，文工团的活动被迫中止。

1942 年，李中权到冀东部队任政治部主任，他长年战斗在孤悬敌后的冀东和冀热辽抗日最前线，深感不仅需要手持枪杆子的队伍打击敌人，还必须有手持笔杆子的文艺队伍，同敌人作斗争。抗日战争同其他战争一样，必须靠枪杆子和笔杆子互相配合，两者缺一不可。李中权提出要建立一支文艺队伍，宣传抗日，动员军民，激励斗志，对敌斗争。但也有一些同志不主张成立部队剧社，甚至认为成立了也应该撤销，理由是敌情很严重，剧社是累赘，而且目标大，不便活动。

李中权力排众议，坚决主张政治部要有剧社，虽然敌情严重，但是只要组织得当，指挥有方，剧社是可以建立起来的，也是可以在敌后开展活动的。

李中权的想法得到司令员李运昌和政委李楚离的大力支持，经晋察冀政治部的同意，决定组织建立文艺队伍，命名为“尖兵剧社”。

雷烨十分配合李中权的工作，并从干部调配等方面给予大力支持。

这个任务，首先落到了张芸青和曾做过剧社工作的邓子如的身上，上级要求在冀东文工团的基础上，筹建尖兵剧社。接着从连队选调来一批较有文化的干部和战士，在华北联合大学文艺学院和平西抗日根据地学习过的管桦、刘大为调来了，在地方坚持工作的罗明、林野、张君如、石更新、田涓等一批女同志调来了，在部队任宣传科长的舒江，以及毕业于北平艺术专科学校的美术家安靖，也加入了剧社。新的岗位、新的工作召唤着各路人马。顿时，这个大家庭热闹起来了。1942 年 4 月，又从晋察冀军区抗敌剧社调来了郭东俊、黄河、尤飞虹，以及抗大二分校文工团的田篱、卜雨、韩大伟等专业文艺工作者。这时，汇集到一起的同志已有 40 多名。经过紧张的筹建，终于在 7 月 1 日——党的生日这天，尖兵剧社正式宣布成立，并在庆祝大会上进行了首次演出。后来，在华北联合大学担任文工团团长的黄天奉命来到尖兵剧社，使尖兵剧社很快壮大起来。

从剧社的命名“尖兵”，人们会自然地联想到，它是直插敌人心脏、坚持敌后游击战的一支文艺新军。

抗日战争时期，尖兵剧社在布满烟尘和弹痕的冀东原野上，成为一支佩挂着刀枪和号角的年轻文艺队伍，像一面鲜艳的旗帜，飘扬在日寇的腹地，飘扬在冀东广大军民之中。他们利用文艺这犀利的武器，向着凶恶的日本帝国主义，发起一次又一次的战斗。

“尖兵”的歌声，表达了他们的誓言和信念，反映了他们战斗生活的情景；“尖兵”的歌声，曾回响在长城内外，渤海之滨，回响在整个冀热辽抗日战争的战场；“尖兵”的歌声，点燃过千百万抗日军民的怒火，激励着抗日军民奋起抗战，去挽救民族的危亡。

1943 年，音乐家劫夫在晋察冀边区读到雷烨的《滦河曲》，心里不禁为之震动。《滦河曲》后来登在《晋察冀画报》第三期上。

滦河的流水唱着歌；
歌声浮载着子弟兵。
子弟兵的青春——
好像河边的青松林。
滦河的流水含砂金；
金子好比子弟兵的心。
滦河的流水向渤海，
渤海岸上发源子弟兵。
滦河的流水发源长城外，
子弟兵回旋喀喇沁。
滦河的流水漂浮着死尸，
松林里的人民热爱子弟兵。
子弟兵：
像飞鹰，
回旋在家乡的河流上，
松林里的人民是好母亲。
青春的鹰！
勇敢的鹰！
冀东年轻的子弟兵！

通过雷烨的诗歌，劫夫初识滦河，感受到滦河的壮美，更是体会到滦河哺育着冀东的山川大地，养育着勤劳的两岸人民，培养了热爱祖国、反抗侵略、保卫和平的许多英雄儿女。劫夫认为，雷烨就是这些忠于祖国的英雄儿女的杰出代表，而他的《滦河曲》形象地展示着英雄儿女们金子一样的心，反映了人民热爱子弟兵的深情，歌颂了年轻子弟兵的朝气蓬勃，朗朗上口，适合传唱。

劫夫难掩激动的心情，很快完成谱曲，为雷烨的诗歌插上翅膀，让雷烨这只青春的鹰，勇敢的鹰，永远地飞翔在燕山渤海滦河的上空。就这样，《滦河曲》唱遍了晋察冀，唱遍了华北边区，唱遍了中华大地，成为激励全国军民抗战的号角和战鼓。

第七章
北岳的春天

一

北岳的初春，麦苗疯长，遍地翠绿，空气清新，凉爽舒畅。

1943 年 1 月，适逢晋察冀边区政府诞生五周年，晋察冀边区第一届参议会在阜平县温塘村召开。雷烨是边区参议员，他代表冀东人民参加会议。边区参议员早在之前的边区民主大选时就已经选出，但由于战斗频繁、交通不便和各种条件的限制，参议会一直未能举行。

从阜平县城南庄往西南走上八九里，就到了温塘村。这个村因为村里有一口温泉而得名。

这口温泉从唐代开始供人洗浴，周围建有一座香火旺盛的大寺庙。温泉口上有一对玲珑精巧的大理石狮子，清清亮亮的温泉水从石狮子嘴里涌出来，哗哗直响。温泉四季水温都在55摄氏度左右，水中含有对人体有益的矿物质。每当春暖花开，人们便从四面八方涌到这里，洗呀泡啊，这口温泉不知道治好了多少人的皮肤病、关节病、肠胃病。因此人们都恭恭敬敬地称它为“宝泉”“圣水”。温泉西北侧是连绵起伏的群山，这里清静幽雅，风光秀丽，还很隐蔽。如果日军飞机来空袭，飞高了，很难击中目标；飞低了，周围那些高山就会把它撞成碎片。

边区政府成立以后，花了相当多的财力，又找来阜平、行唐、灵寿等地的能工巧匠，在这里的一道小山沟里建立了边区议会大礼堂，还有供议员们办公、住宿的房屋。这些建筑今日看来是算不上什么，可是在当时却是令人啧啧称赞的“豪华”建筑了。本来边区参议会已经筹备好了，目的是进一步健全和完善边区的新民主主义政治制度，邀请边区各县领导和各界仁人志士来参政议政，共商国是。不料想战事频频，参议会不得不往后一拖再拖。

参议员来自边区各地，其中包括部分游击队和敌占区的代表。成员包括共产党员、国民党员、无党派爱国人士、开明士绅、文化界人士、科学技术专家、少数民族的代表、部队的代表，以及工人、农民、妇女、青年等群众团体的代表，共288人。他们代表着晋察冀边区人民的意志，来行使自己的民主权利，共商边区建设的大计。

参议会的召开，标志着边区民主政治建设进入了一个新的阶段。会场上挂出一副对联：

我们屹立在五台山、太行山、恒山、燕山，旌旗指向长白山；

我们驰骋在滹沱河、永定河、潮河、滦河，凯歌高奏鸭绿江。

这副对联气势磅礴，意味深长，是聂荣臻亲笔所题。一笔一画，充满了欢欣豪迈，充满了阳刚之气。聂荣臻写这样两句话，并不单纯是为了鼓舞士气，振奋代表们的情绪，它确确实实是5年[①]多来，抗战勇士们终日在枪林弹雨之中，出生入死坚持抗战的写照。

边区参议会共开了7天，由聂荣臻代表中共中央晋察冀分局和晋察冀军区向大会作报告，由边区行政委员会主任委员宋劭文同志作政府工作报告，刘澜涛同志代表分局向大会提出了审议《双十纲领》的提案。然后，是全体参议员广泛而热烈的讨论。本来接着还应讨论边区政府的各种条例，但是因为敌情紧张，只得把选举提前了。选举结果是，成仿吾当选议长，于力当选副议长，宋劭文当选边区第二届行政委员会主任，胡仁奎当选边区行政委员会副主任，聂荣臻连任边区行政委员会委员。选举健全了边区最高一级的民意机关，使边区最高一级政府得到人民代表（参议员）的经常性监督，至此，边区新民主主义政治构成完整体系。会议期间，参议员们还检阅了边区八路军步兵、骑兵、炮兵的雄伟阵容，参观了有关边区5年来各方面建设成就的展览。由此，边区一级“三三制”[②]政权的领导机构进一步健全，边区的民主政治进入了一个新阶段，为向日本侵略者发起大反攻奠定了胜利的基础。在中国共产党的领导下，

① 此处指晋察冀边区政府诞生五周年。——编者注

② “三三制”，即在民主政权组成人员的分配上，共产党员、非党的左派进步分子、中间派各占三分之一。

边区从落后的山沟变成了进步的山沟。

雷烨在大会上作了热情洋溢的发言，以洪亮的声音全面讲述冀东广大人民的胜利、痛苦和希望，引起了与会者的高度重视和一致共鸣。

雷烨向大家介绍冀东根据地的发展形势和斗争经验。冀东地区处在华北敌人的深远后方，在那里积极开展游击战争，必然会钳制敌人更多的兵力，对打破日军以北岳区为重点的“封锁”“蚕食”计划起到重要的配合作用。在具体实施上，冀东的党政军领导积极地执行了向“敌后之敌后”挺进的方针——这一方针在冀东应该更有进展。

雷烨和其他参议员对晋察冀根据地的发展充满了必胜的信念，准备回去以后认真传达会议精神，鼓舞和激励冀东人民争取最后胜利，走向光明的未来。

二

在参加晋察冀边区第一届参议会前夕，雷烨和沙飞一起去抗敌剧社拍照片。

他们在途中遇到一位小姑娘，圆圆的脸庞，大大的眼睛，满面笑容。她身穿棉大衣，头戴棉帽子，很讨人喜欢。

雷烨问她：“你是抗敌剧社的小战士吧？”

小姑娘笑着说：“是啊，我叫田华，是儿童演剧队的小演员。”

雷烨一听她叫田华，脱口而出：“你叫田华，我叫雷华。”

接着，雷烨对沙飞说：“来，来给我们两个‘华’照个相！”

田华一听说要拍照片，特别高兴，笑着蹦到了山坡上。雷烨站在田华后面，又怕她个子矮小站不稳，在她身后像抱小妹妹似的扶着她，也开心地笑着。

瞬间，沙飞抓拍了雷烨和田华的合影（这张合影后来洗出来十分清晰）。对雷烨来说，这本来是偶然间闹着玩的一件小事，他并没有太在意。在当年的恶劣环境下，抗日根据地没有照相器材，他们常常要冒着生命危险到敌占区的大城市去购买。雷烨在拍摄活动中十分节约，不肯浪费一张胶卷。他拍摄过无数照片，从来没有给自己照过一张照片。后人能看到雷烨当年身影的照片只有两张，一张是 1938 年抵达晋察冀后聂荣臻接见时的合影，一张就是和田华的合影，而且都是沙飞拍摄的。对田华来说，她十分珍惜她第一次拍的照片，还是这么好的照片。在居无定所的游击战争年代，田华一直珍藏着这张照片，走到哪里，带到哪里，像爱护生命一样精心保管着它。

雷烨和田华的合影照片

田华那时才 14 岁，还是小姑娘，却非常机智聪明。她说："我领你们去抗敌剧社。"

田华出身于河北唐县一个贫穷的农民家庭，从小饱尝生活的艰辛。她的童年是在贫困、饥饿和眼泪中度过的，打柴、抬水、推碾子、挖野菜……幼小的她样样都很能干。到了春天青黄不接的时候，田华还要采杨穗儿、柳穗儿来为一家人充饥度荒。虽然生活贫困，她的性格却很活泼，一有点空闲她就又说又唱的，还会像男孩子那样爬很高很高的树。12 岁时，田华离开家乡，参加八路军晋察冀军区抗敌剧社。

一路上，田华对沙飞和雷烨说着抗敌剧社的事，还很自豪地说：“聂荣臻司令员对我们可好了。”

雷烨说：“那你说说怎么个好。”

田华就对沙飞和雷烨说起上一年大年初一给聂荣臻拜年的事。

1941 年到 1942 年，是边区最困难的日子。大年初一，田华和汪洋、刘佳等人一商量，说：“走，给聂司令员拜年去！”说着，一群小毛孩就一溜烟地跑去了。

聂司令员见小演员们来拜年，像见到自己的孩子一样，高兴地笑了。

小演员们给聂司令员跳起《霸王鞭》，跳得特别认真卖力。

聂荣臻兴致勃勃地坐在一张板凳上看小演员们跳舞，连连鼓掌，说：“跳得好，跳得好！”

跳完了，不知是谁冒出一句话：“司令员，我们还没吃早饭呢。”

聂司令员二话没说，吩咐炊事员给他们煮饺子。

不一会儿，热气腾腾的饺子端上来了，小演员们一拥而上，津津有味地夹饺子、剥蒜、蘸醋吃，唯独桌上一小碗黑色的汤水没人动。

聂司令员说：“吃吧，这是酱油，好吃得很。”

田华拿筷子蘸了点，就像小猫似的先用舌头舔了舔，好鲜啊。这是田华和其他小演员有生以来第一次吃到酱油。

不一会儿，小演员们把酱油全吃光了。

聂司令员就在那儿看着小演员们吃，他的眼眶突然湿润了，亮晶晶的。他看着这帮小孩，心里特别难过。他说：“战争啊，战争是残酷的呀！按理说，你们才十二三岁，都应该在父母跟前撒娇哩！可是，你们却成了抗日战争的一个文艺战士，一个小战士……”

小演员们毕竟还小，吃完饺子抹了抹嘴，排成一行向聂司令员敬礼：“祝聂司令员新年愉快！”

说完，大伙儿又一溜烟地跑开了。

听了田华的叙述，雷烨对田华说：“你们真幸福！聂司令员对你们真好！”

雷烨问田华：“你觉得苦不苦啊？”

田华调皮地说：“不苦，不苦。我还觉得有点甜。”

沙飞和雷烨不禁都笑了起来。那天，他们在田华的引领下到达抗敌剧社，还给剧社的小演员们拍了合影。

后来，田华在晋察冀迅速成长，她作为抗敌剧社的文艺战士在各地进行宣传演出。她成功塑造了《白毛女》中的喜儿、《党的女儿》中的李玉梅等多个经典银幕形象，广为人民群众熟知和喜爱。

2024 年 9 月 29 日上午，中华人民共和国国家勋章和国家荣誉称号颁授仪式在人民大会堂隆重举行，田华获颁“人民艺术家”国家荣誉称号奖章。

如今，田华已经 90 多岁高龄，但她依然精神矍铄，繁花无尽。让她最难忘的就是晋察冀血与火的青春岁月，和雷烨合影成为她永远珍藏的记忆，雷烨的精神更是成为她成长的力量。

那一年，雷烨还专门采访了根据地大生产运动，他看到根据地军民团结一致，同甘共苦，大家的情绪都很乐观，充满了必胜的坚定信心。

一年前的春天，青黄不接，群众和部队都发生了粮荒。入春后，杨树、榆树长出了嫩叶，老百姓就把树叶当成了主要的食粮。有的部队伙食单位请示能不能采集树叶，为此聂荣臻曾要求军区政治部发布训令，部队所有伙食单位都不能在村庄附近采摘杨树叶、榆树叶，要把它们留给群众吃。全边区部队严格执行这个训令，宁可饿着肚子，也不与民争食。

广大群众得知这个训令后，情绪很激动。他们找到军区，找到边区政府，找到聂荣臻，要求收回训令，说得十分恳切。群众说，抗战以前，穷人没有吃树叶的权利，因为，山上的树，都是属于地主的，地主不准穷人捋树叶。八路军来了，实行了减租减息，穷人才能上山捋树叶。可是，眼下闹饥荒，为老百姓争得民主权利的八路军，自己却不能上山捋树叶，这怎么行呢！聂荣臻向群众解释我军的纪律，同时告诉他们，部队正在想办法解决粮食问题。

在军队内部，各级领导也更加关心、爱护战士，与战士同甘共苦，各级干部带头参加生产自救。为了保证战士们的健康，军首长亲自管理伙食。在严重的困难面前，共产党员把战场上“冲锋在前，退却在后”的精神，变成了“劳动在前，吃苦在前，享受在后”的实际行动。共产党员的模范带头作用教育和感动了全体同志，这对克服当时的困难，起了巨大的作用。

根据地军民团结一致，艰苦奋斗，开展起轰轰烈烈的大生产运动。到后来，许多部队已能做到不用买菜，每人每日平均可以吃到三钱盐、二钱油。这在当时是很不简单的。

三

北岳的春天是暖人的，更重要的是这里作为晋察冀党政机关驻地，相对安全安定。雷烨利用会议空闲时间，走访战友，参加聚会，活动频繁，非常兴奋，整个人处在一种放松的状态，心情豁然开朗。

一天晚上，雷烨去看望邓拓。邓拓也是参议员，白天他和雷烨都在会上，但会议议程很多，参会人又多，两人几乎没有交谈的时间。这天晚上，抗敌剧社、西战团、火线剧社为与会代表演出话剧《雷雨》《日出》等。演出结束后，雷烨想邓拓这时一定还在报社忙着，就摸黑来到报社驻地。

雷烨记忆犹新，邓拓和报社的同志们在滚龙沟创造了“铧子尖七进七出”游击办报的奇迹。

铧子尖是一个只有三五户人家的小村庄，群山环抱，重峦叠嶂，进山的路是布满荆棘的羊肠小道，平时村民也很少进山。雷烨心里想，这样“一夫当关，万夫莫开”的地理位置，只有文武兼备、独具慧眼的新闻家邓拓才能选中，难怪报界都称邓社长为“儒将”。

邓拓看到雷烨出现在自己面前，喜不自禁，连忙叫来电话员刘庆贵给雷烨泡茶。

知道雷烨刚从演出的礼堂回来，刘庆贵乐呵呵地说：“我也去当了一回领导，拿着老邓的代表证过了一把戏瘾。”

原来，邓拓是会议代表，他却坚持和工作人员住一起，白天参加会议，晚上写文章、改稿件、看版面，每天工作到深夜。

邓拓工作忙没时间去看演出，就把代表证给刘庆贵，让他去看戏。

刘庆贵说：“我拿着老邓的代表证跑到礼堂，没想到刚坐下，服务员就过来沏茶。我还是十多岁的小毛孩，从没见过这架势，心里直打鼓。这不，没等戏看完就悄悄跑回来了。”

邓拓、雷烨和在场的人听了都哈哈大笑起来。

邓拓告诉雷烨：“去年以来，党中央提出了‘统一宣传和党报地方化’的方针，我们全力贯彻‘全党办报’方针。我们现在正处在日寇‘扫荡’的极端困难时期，晋察冀边区各机关都在战争条件下精简机构，报社人员精减了大约一半。但同志们克服困难，工作干劲更足了。”

雷烨说：“在老邓身边工作，大家心里舒畅，我们都听说了‘铧子尖七进七出’的故事。”

邓拓对雷烨说：“敌人的‘扫荡’是家常便饭，我们提出报社轻装化，从每一次游击办报中提取经验，带着机器铅字打游击，太重了。现在，只要发现敌情，我们几匹骡子就可以驮走整个印刷机。”

雷烨对邓拓非常敬佩。为了应付敌人的“扫荡”，坚持在战争中出版报纸，邓拓费了很多心血，在队伍编组、技术装备改进、战场准备等方面都做了充分的准备。1941 年反“扫荡”开始以后，报社在滚龙沟陷入重围，处境岌岌可危。

邓拓分析形势后认为，滚龙沟山高路险，沟壑纵横，我们的队伍对这里的群众熟悉、道路熟悉，这里还有储备物资，有与敌周旋的余地，有利于出报，于是毅然决定在滚龙沟南山区的铧子尖坚持报纸的出版。敌人几次合围滚龙沟都没能找到报社的踪迹，而报纸的出版从来没有间断过。

这天晚上，邓拓和雷烨谈了很多。雷烨向邓拓畅谈了塞外风云和自己的心得，得到了邓拓的高度评价和赞扬。

夜深了，雷烨起身向邓拓告辞，邓拓一直把他送到很远很远，才依依惜别。没想到，这竟是诀别！

四

会议期间，邓拓安排举行了新闻界聚会，会上邀请雷烨作了精彩的报告，这让与会者感到振奋和鼓舞。

雷烨因为忙于各种活动，本想去找田间等诗人聊聊，却一直没有时间，这不能不说是一件憾事。他在延安时就知道田间，还在册页本上抄过田间的街头诗。

此次，田间也是参议员，虽然在一起开会，两人却没来得及说话。处于战争年代，两人很少见面，但彼此都在心里记挂着对方。

田间在全国文艺界知名度很高，是一位优秀的诗人。不仅如此，田间很早就参加了革命工作。他 1933 年考入上海光华大学外文系；1934 年加入中国左翼作家联盟，参加《文学丛报》《新诗歌》的编辑工作；1935 年任《每周诗歌》主编，创作出版处女作《未明集》；1936 年，出版描写东北人民抗日斗争的短诗集《中国牧歌》和以红军长征为背景、描写农民反抗斗争的长诗《中国·农村的故事》。

1937 年春，田间到东京学日文。七七事变后，他回到上海写抗战诗歌，接着又去了武汉，写成了当时公认的优秀政治抒情诗《给战斗者》。

1938 年春夏，田间到延安与文艺界同仁共同发起街头诗运动，诗作《假使我们不去打仗》传遍全国，他被闻一多称为“擂鼓诗人”“时代的鼓手”。

田间也是 1938 年底到晋察冀的，和雷烨他们差不多在同一个时期。

这一时期，田间在晋察冀开展的街头诗活动很火热。街头诗，成了一个心理战的有力武器，可以大灭敌人威风，大长人民群众志气。田间等人在《晋察冀日报》文艺副刊上发表了大量街头诗，成为街头诗的代表诗人。他还教群众写作，不断出版油印、石印刊物，扩大传播影响力，掀起群众性创作热潮。

诗人、作家魏巍到晋察冀时才十八九岁，他也在晋察冀和雷烨、田间结下了深厚友谊。他长期战斗在边区，成为全国闻名的战地作家。

雷烨开完会后就来到平山，不久便匆匆离开陈家院到曹家庄去了，错过了和田间的见面。

会议结束那天傍晚，田间和葛文在陈家院附近散步，那时他们刚刚相识相恋。

风华正茂的田间还是一个小伙子，一说话就脸红，这天他主动约葛文出来走走。

没走出多远，田间向葛文指了指山边的一处孤房说：“咱们到那边去看看雷烨。他刚从冀东前线回来开会。”

田间和葛文来到那间土屋，却见房子里空荡荡，炕上一张苇席，桌上一瓶紫颜色泡的替代墨水。一位小战士在打扫卫生，他说：“雷科长开完会就匆匆离开了。你们下午来的话就可以碰到。”

田间愣在那里半天说不出话，流露出一种惆怅之情，他深深地叹了一口气，为错过难得的会面机会深感遗憾。战场上，战友们极珍惜意外的相见、相遇，哪怕是握住手说一句话，相互对视一下，说不定就是生命中的最后一次了。

邓拓就多次对田间说起雷烨，说雷烨是一位不凡的记者，不顾个人安危，驰骋于十分艰苦、战斗频繁的冀东抗日根据地。

田间怀着对同行战友难以排遣的思念，竟然大步往山腰间走去，把葛文甩得远远的。

在一块岩石上，田间把大衣铺上去，对跟上来的葛文说：“坐吧。”

田间和葛文谈起雷烨，说：“雷烨从冀东前线发回许多抗日报道，在《晋察冀日报》发表后，影响很大。”

“那么，你们很熟悉的了？”葛文问。

田间说："心有灵犀一点通，我和雷烨既是战友，也是同行。我和雷烨三年前在平西匆匆一面，在边区参议会上才算真正相识。我们更多是从报纸刊登的文章上相识相知，他诗写得很好，枪法也好。"

说着，田间从衣兜里掏出烟口袋，又摸出卷烟用的小纸条，开始搓烟叶、卷烟。他沉思着，烟雾在晚霞映照下慢慢消失，但他对战友深沉的爱却停在明亮的天空中，永不消散。

田间深情地说："革命需要雷烨这样的记者、诗人，文艺工作者本来就是一名战士，没有什么特殊之处。"

一直望着远山抽烟的田间，忽然转头问葛文："你读过裴多菲的《自由与爱情》那首诗吗？"

葛文没有即刻回答，她想，每一首好的诗，阅读者在咀嚼时必定注入了自己的思想内涵、情感历程，产生一种独特的无可替代的力量。于是，葛文就觉得自己是田间此时此刻所渴望倾听他的心声的最适合的人。

田间把手搭在葛文的肩上，念出四句诗来：

生命诚可贵，爱情价更高。
若为自由故，二者皆可抛。

葛文被深深地感动了，她看到耸立在面前的翠绿的山峰，坚硬、挺直。

田间突然问葛文："你在想什么？"

葛文说："你看到了吗？那山峰，硬硬地挺立着，你和雷烨都很像它。"

田间会心地笑了，伸手拉起葛文说："咱们爬山吧！"

第八章
你站成了一棵树

一

晋察冀边区第一届参议会结束后，雷烨受沙飞之邀，来到位于平山县的晋察冀画报社，把自己四年来在冀东精心拍摄的照片和底片交给画报社。

沙飞看到这些照片如获至宝，说："太感谢你了，老雷。这些照片记录了冀东抗战历程，反映了冀东军民英勇的抗战事迹。我准备在《晋察冀画报》集中发表，推出你的摄影专辑。"

雷烨激动地说："那太好了！只是照片还需要整理。"

沙飞说："我邀请你留下来住些日子，把照片整理好，文字说明注清楚。"

雷烨说："是，坚决完成任务！"

就这样，雷烨留了下来。在曹家庄和张家川村开始紧张的工作。他经常挑灯夜战整理采访的照片，把白天时间腾出来，和当地干部群众一起做各项工作。毛泽东在延安抗大说的"连一分钟也不能脱离群众"这句话，一直回荡在他的耳边。毛主席对中华民族优秀子弟的亲切叮咛，更是成为雷烨的指路明灯，他要把分分秒秒的时间都利用起来，和边区的人民群众战斗在一起。雷烨在这里的时间很短暂，但却和村里的男女老少亲密无间，树立了紧密联系群众的典范。

1943 年 4 月的一天，雷烨路过平山县张家川村，因为没带通行证被村里的儿童团团长刘树梅拦了下来。后来他们成为好朋友。

雷烨在村里和村长一起检查坚壁清野和群众转移工作，空下来时他就和儿童团团员在一起活动。

4 月 4 日的儿童节①快要到来，刘树梅和儿童团团员决定开辟一个"儿童林"，以实际行动庆祝自己的节日。

温和的阳光照着村边的山坡和河滩，刘树梅带着儿童团团员排着整齐的队伍，向村边的河滩前进。河滩上响起儿童团团员唱的《边区儿童》歌，歌词是：

四月里开杏花，边区的儿童高唱啦，风不怕雨也不怕，身

---

① 民国政府于1931年8月确定每年4月4日为"儿童节"。中华人民共和国成立后，中央人民政府政务院于1949年12月23日确定，将我国"儿童节"与"国际儿童节"统一起来，即每年6月1日为"儿童节"。

心好比钢铁打，钢铁打！

四月里开杏花，边区的儿童动手啦，年纪小志气大，咱们打出个新中华，新中华！

儿童团团员在河边热火朝天地开始植树，有的挖坑，有的栽树，有的浇水。刘树梅看到雷烨挎着照相机，给大家拍了很多照片。

红日西沉，余晖闪耀。刘树梅和儿童团团员又兴高采烈地列队往村里行进。

突然，大山边传来呼叫声：“救人哇，狼来喽。”大家一下子慌乱起来。

“大家不要乱跑！”雷烨一边说着，一边循声向东山跑去，看到一个十来岁的孩子从山坡上滚了下来。

雷烨说：“快往我这儿跑！”

说时迟那时快，雷烨用手枪向狼瞄准，“砰”的一声枪响，狼应声倒下。

刘树梅和大家围上去，看到雷烨正给受伤的孩子包裹伤口。

霞光消逝，夜幕降临，月色朦胧，微风吹拂。雷烨带着大家安全返回村里。

吃晚饭时，刘树梅说：“今天可真险！”

雷烨笑着说：“这个狼就像日本军队，看样子很厉害，就是吃不住我们打！”

“对，只要我们心齐，就不怕它，就能把它打死！”刘树梅和其他人都开心地笑起来。

曹家庄也是雷烨常住的地方，他就住在白振学家。白振学那时还是幼童，对雷烨没什么记忆，但他经常听爹说起英雄雷烨，因此雷烨的名字在他心里记了一辈子。

白石石家和白振学家是前后邻居，那时白石石已是10多岁的孩子，常常看见雷烨。看到雷烨经常带着两个警卫员，大伙儿都知道他一定是八路军的大官，刚开始都不敢接近他。没想到雷烨很随和，见了老乡都主动打招呼，还时常指导民兵训练，教群众识字，教儿童团团员唱革命歌曲。

1943年农历二月廿七日，是曹家庄村青年抗日先锋队队长白建雄结婚的日子，雷烨还上门来参加他们的婚礼。第二天，白建雄全家人齐聚一起，沉浸在幸福里。雷烨带着相机，给白建雄一家人拍全家福，在他的指挥下，白建雄全家站成几排，留下了珍贵的照片。

雷烨给白建雄拍全家福的事，传遍了曹家庄和周边几个村，轰动一时。雷烨还为村里的白连石画像，村里的男女老少围在他的身边，都由衷地感到开心。

二

在曹家庄的那段日子里，雷烨经常利用空闲时间教妇女们识字、唱歌，参加学习的大多是30岁以下的妇女。当时，封建思想深入人心，妇女们是“大门不出，二门不迈”。村里成立曹家庄村抗日救国妇女会（简称“妇救会”）以后，在妇救会主任张美英的带领下，妇女们得到了解放。雷烨一边教她们识字，一边向她们宣传抗日救国的思想，动员妇女参加抗战，把识字教学和抗日宣传教育结合在一起。雷烨还教她们唱《军民合作歌》：

嗨啊嗨！我们军民要合作。

嗨啊嗨！我们军民要合作。

你在前面打，

我在后面帮，

担子弹，运军粮，

抬伤兵，送菜饭，

我们有的是血和汗，

大家同心合力干哪嗨！

赶不走鬼子心不甘哪嗨嗨嗨嗨！

赶不走鬼子心不甘哪嗨！

学习唱歌激发了妇女们的抗日热情，其中有一位姑娘，她明媚的大眼睛一直盯着雷烨，当他教唱时两人刚好四目相对。姑娘那双大眼在闪动的睫毛下闪耀着一种光芒，让雷烨的心不由自主地颤动了一下。虽然那仅仅是短暂的一瞥，却都给对方留下美好的印象。

学习结束了，雷烨开始整理资料和教材，姑娘磨蹭着没有离开，最后只留下雷烨和姑娘。

雷烨眼前这位姑娘叫小芳，只有十七八岁，身穿土布衬衣，两根辫子粗大乌黑，白皙的脸蛋上泛着轻微的红晕。她是鲁家峪东峪村的文艺骨干，雷烨在那里组织抗战文化社时两人就认识了。

最后，还是雷烨打破宁静，对姑娘说：“你很有天赋，歌唱得好！”

小芳姑娘的脸颊飘过一片红晕，说：“是老师教得好！”

接着，姑娘又说：“鲁家峪被鬼子‘大扫荡’，我父母、兄弟姐妹都被敌人杀害。我就投奔曹家庄住在亲戚家。”

雷烨说："鲁家峪大惨案，再一次让我们看清了敌人的凶残。我们一定要打败他们！"

小芳姑娘还是雷烨警卫员藤玉寰家亲戚，她说："俺叔叔常唠叨你，说你很了不起。"

这让雷烨有些不好意思起来，说："虽说他是警卫员，跟我的时间也不长，但我们情同手足。"

小芳姑娘快人快语，指着雷烨有些脏的衣服，说："看你这么邋遢，这衣服很长时间没洗了吧。快脱了，我帮你洗。"雷烨呵呵地笑着，顺从地把外衣脱了递给小芳姑娘。

第二天，小芳姑娘和张美英主任来到雷烨住的农舍。

小芳姑娘把洗好折叠得整齐方正的衣服，交到雷烨手中。

雷烨立正，一个敬礼，说："谢谢小芳姑娘！"

小芳姑娘也不说话，只是会心地笑了笑。

张美英对雷烨说："妇救会没有章，我又不认字，工作起来很不方便。"

雷烨说："好啊，我帮你们刻一个章。"

过了一天，雷烨把刻好的章送到张美英家里，正好小芳姑娘也在那里。

小芳姑娘赶忙找一张纸试着印章。

这是一枚长方形的章，上面清晰地刻着"曹家庄村抗日救国妇女会"。

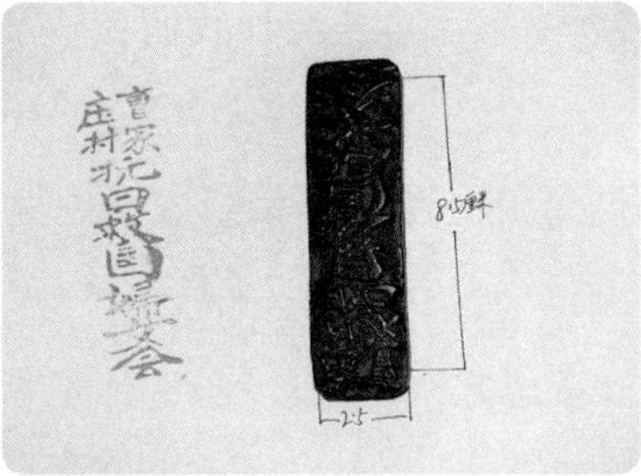

雷烨刻的章

张美英说：“谢谢雷科长。知道你要来，小芳姑娘早就在我家等着你呢，她亲自下厨炒了几个菜，你得留下来吃饭！”

雷烨说：“恭敬不如从命。谢谢张主任，谢谢小芳姑娘！”

小芳姑娘说：“你为俺们老百姓抗日，是个大英雄，我要敬你一杯酒！”

张美英家简陋的客堂里顿时洋溢着欢乐的气氛。

吃饭的时候，小芳姑娘说：“曹家庄还有十几岁的小姑娘裹小脚，有的还当童养媳。”

雷烨说：“这说明封建思想还很严重，我们要发动妇女放脚，解放童养媳。”

张美英说：“雷科长，虽然村妇救会做了很多工作，但阻力还是很大。”

雷烨说：“我和你们去挨门串户做宣传工作。”

这样，雷烨常常利用夜晚空闲时间，带着张美英和小芳姑娘在村里串门做工作。

村里的大娘看到他们，就调侃说：“查脚的来了！”

为了促进妇女解放，雷烨在识字班里教大家唱《妇女解放小调》：

我们妇女不自由呀！
为人奴隶，做牛马，
从小就把双足缠哪！
好像犯人戴脚镣。

平日你看小脚好，
遇到敌人跑不了，
走起路来实难瞧，
好像母鸡把地刨。

妇女们一边唱，一边笑，很快村里的年轻妇女都放了脚。唱完了，笑完了，妇女们排成整齐的队伍，学起了队列和走步。

村妇救会还组织动员妇女积极支援前线，18 岁以上、60 岁以下的妇女，每人义务给军队做军鞋。

小芳姑娘特意给雷烨做了一双一斤多重的军鞋，鞋底和鞋帮都纳得密密麻麻，既美观又耐用。

小芳姑娘对雷烨说："你穿上我做的鞋狠狠打鬼子，也算是我为抗日斗争添了一份力量。"

雷烨挺了挺身子，又一次立正敬礼说："是！"大家都欢快地笑了起来。

三

4 月的冀东是美好的，田野蛙鸣，阳雀啼鸣，秧苗茁壮，草木芳香。

但隆隆的炮声打破了山野的宁静，敌人又一次向抗日根据地发起了猖狂进攻！

1943年4月18日晚，侵华日军春季“扫荡”又开始了。除平山、灵寿外，敌人又从石家庄、五台、正定调集大批兵力，同时向平山瓦口川一带集结。从石家庄赶来之敌乘汽车到达各据点后，立即分梯队向孟家庄一带实行远距离奔袭，其中一队日夜行军，由夹峪沿文都河向北，经过孟家庄，向张家川、曹家庄、大岭沟、南段峪、白草坪方向奔袭。

4月19日深夜，雷烨正在配写照片文章，接到通知，日军又发动了春季“扫荡”，有日军正在向驻地曹家庄奔袭。沙飞指示雷烨立即转移，但雷烨顾不上自己先转移，而是去村里挨家挨户敲门，通知乡亲们转移。

拂晓时，村武装委员会主任拿着一封沿村传送的鸡毛信，派刘树梅送到曹家庄，再三嘱咐他：“路上快点走，信送到后不要再回村，直接到马石岭沟去。”

刘树梅应了一声，接过信就跑，他叫上儿童团团员小锁和保柱，把信送到曹家庄。

刘树梅见到雷烨后说：“大人们都撤向马石岭沟。”

雷烨说：“不好，马石岭沟地形相对开阔，容易受到攻击。我赶过去看看。”

雷烨骑上马，带上两个警卫员飞快消失在夜色中。

雷烨来到张家川村，找到村武装委员会主任，说：“马石岭沟相对比较平坦开阔，不易藏身。为了安全，我们应该把群众转移到虎沟。”

在村干部的组织下，村里人有序地向虎沟方向转移。就是那天，马石岭沟遭到日军炮轰。如果大家藏身那里，后果将不堪设想。乡亲们感激地说：“这次安然脱险，多亏了雷科长。”

安置完张家川村的老乡，雷烨他们立马返回曹家庄，那时画报社的同志们已经转移到西北后山。

刘树梅、小锁和保柱爬上村后的山梁，心里惦记着雷烨的安危。

他们气喘吁吁地坐下来，从这儿远眺，村庄尽收眼底。忽然，村南山坡上的消息树倒下来！村里锣声和呼喊声混成一片，人们像潮水般涌进东沟。刘树梅他们向远处更高的一个山顶跑去。

村南山口火石岭的大道上，影影绰绰地出现几个人影。直到近前，刘树梅终于看清是雷烨和两个警卫员，他们还在村里检查转移工作。

刘树梅对小锁他们说："太危险啦！你俩放哨，我去喊他们！"

炮声在耳边响起，不时有子弹飞啸而过。枪炮声中，刘树梅的视线被烟雾隔断，心提到了嗓子眼里。敌人已从村南进村，雷烨他们才从村北跑出来。

在半山腰上，刘树梅和雷烨紧紧地拥抱在一起不放手。刘树梅说："叔叔，你为什么不早点走？刚才很危险哪！"

雷烨抹了一把汗说："刚才我在村里查看，正准备上山，就听到你们在喊。你们几个孩子，在山上又跑又喊的，多冒失。"

雷烨和刘树梅他们在山上观察监视着敌人的行动。

村里已经冒起一股股浓烟，敌人开始烧房子了。

有股敌人向山坡这边移动，踩上地雷，爆炸声在火光里震荡。小锁、保柱高兴地站起来说："炸得好，炸得好！"

枪炮声从前方传来，雷烨紧紧地护着刘树梅他们，一会儿把他们按倒，一会儿把他们推进山洞，好几个炸弹就在他们身边炸开。

敌人乱打一顿后，沿着河床向大岭沟方向窜去。

过了一会儿，刘树梅的爹也来到半山腰接应他们。

雷烨见到刘树梅的爹，格外高兴，朝着他的肩膀就是一拳，说：“我正愁找不到你呢！”

刘树梅的爹说：“是啊，这里还很危险，敌人炮火很猛。”

雷烨说：“我估计天亮后，敌人会搜山。所以你们必须把群众从附近这几个山沟里都转移出去。”

刘树梅的爹说：“你的分析很有道理。咱们一起转移吧！”

雷烨坚决地说：“不行。我们要从这儿向北去追部队，同时还得给大岭沟村的群众捎个信，看看那里群众的转移情况，他们也得立即转移。”

刘树梅见雷烨要走，心里舍不得，拉住他的手流着眼泪，说：“别走了，前面很危险啊！”

雷烨眼中闪着坚毅的光芒，说：“不行啊，我还有任务。再见吧，反‘扫荡’很快就会胜利的！”

刘树梅再一次和雷烨拥抱在一起，久久不愿放手，好像他一松手，雷烨就会消失一样。

雷烨和警卫员转身朝山下走去，走到一半往回望，看到刘树梅父子和小锁、保柱他们还一直在挥手。

刘树梅呆呆地立在山顶上，出神地望着雷烨越走越远的背影，直到那背影融进烟雾之中。他的耳边久久回荡着雷烨说的话：“反‘扫荡’很快就会胜利的！”

四

4 月 20 日凌晨，雷烨离开曹家庄，和两位警卫员一起直奔黑亩尖山峰，去大岭沟村帮助村干部组织群众和八路军伤员转移。

安顿好乡亲们，天还没亮，雷烨和警卫员沿着山沟向北继续追赶部队。那天起了大雾，一丈之外什么也看不见。这时，他们已经来到南段峪石堂村，在一户农家吃了一碗玉米面糊糊。

雷烨因为担心连累乡亲们，吃完饭就带着警卫员继续赶路。老乡们后来说："如果他们当时不走就不会遇见敌人。"但雷烨是个急性子，他要继续追赶队伍，就和警卫员一起沿着石堂村下的河谷往前行进。

石堂村地处一个悬崖峭壁的山峡。雷烨他们走在悬崖下的河谷里。这时，太阳已经升起来了，雾霭正在无声散去。

从大岭沟出来的一队敌人，正走到他们左面的西山坡上。

敌人发现了他们，在山坡上向他们喊话："八路军，你们没出路啦！"

雷烨一闪身，向山坡上的敌人瞄准开枪，几个敌人应声滚下山崖。

敌人在高坡上，雷烨他们在河谷里，中间仅隔着一个山崖。

雷烨边打边退，不料，腿上中了一枪，鲜血直流。

警卫员背起他就跑，他硬从警卫员身上挣脱下来，说："这样不行，会被敌人一块抓住的！我来掩护，你们快撤，这是命令！我来掩护！"

"不，我们决不能丢下你！我们不怕死！我……"

"不准多说！我们带着的重要文件，一定要送给组织，决不能落到敌人手里！快走！"

两个警卫员愣在那里进退两难，眼里滚动着泪珠，禁不住哭出声来。雷烨坚决地说："现在不是哭的时候！送出文件！执行命令！"

警卫员只好掏出了一些子弹和手榴弹，留给雷烨，恋恋不舍地转身。雷烨使劲推了他们一把，两个警卫员才就势向北急跑而去。

雷烨向敌群连发数枪，把敌人的注意力引到自己这边。他迅速躲到一块大岩石下面，撕下一块布条紧扎伤口，准备与敌人进行殊死战斗。敌人从崖上往下冲，被雷烨“啪啪啪”地打死好几个。

雷烨拖着伤腿，利用崖下凹凸不平的地形，和敌人周旋。

敌人在崖前露头，他就射击；敌人不动，他就休息。

敌人没办法，就扯起嗓子喊，打攻心战：“八路军，你投降吧！你跑不掉了……”

雷烨也放开嗓子喊：“我才不跑！你敢来，我就打死你！”

敌人小队长气破了肚子，命令十几个伪军往下冲，雷烨硬是把他们一一打退。

雷烨一个人孤身奋战，用完所有手榴弹和子弹，打死了十多个敌人。他自知难以脱险，就迅速撕毁了身上剩下的文件，砸碎了心爱的相机、钢笔和望远镜，准备将最后一颗子弹留给自己。

敌人等了好一会儿不见动静，就围了上来。

雷烨高呼：“打倒日本帝国主义！”

雷烨用最后一颗子弹打向自己的胸膛，那响亮的呼喊声和沉闷的枪声在山谷里久久回荡！

五

等“扫荡”的敌军退去，同志们陆续回到画报社，沙飞和大家一起清理抢救出来的资料和器材。这次画报社虽遭袭击，幸运的是数万张底片完好无损。

沙飞对大家说：“多亏同志们齐心协力，将数万张底片抢救出来，我们应该庆功！”

沙飞说着兴奋起来，热情地拥抱了一位外号叫“张飞”的女同志，一边大喊：“我们胜利了，我们胜利了！”

在场的同志们受到感染，也跳起来说：“我们胜利了，我们胜利了！”

正当大家沉浸在喜悦之中时，有人说了一句：“怎么不见雷烨回来？”

李遇寅说：“昨天晚上，雷烨就离开曹家庄了。”

沙飞这才回过神来，预感到凶多吉少，赶忙派人分头去找。

李遇寅负责往北找，走到石堂村向老乡们打听，老乡说：“有八路军牺牲了，在那儿。”

李遇寅跟着老乡来到大石崖下，看到牺牲的人正是雷烨，地上散落着撕碎的一些纸片，较完整的是雷烨写的六七张文章底稿，上面有血糊着纸张，揭不开了。照相机、望远镜全砸碎了，血流到了西侧的水沟。

画报社这边，大家正着急着，雷烨的两位警卫员冲进屋里报告说：“雷烨牺牲了，雷烨牺牲了！”话没说完，已经哭成泪人，瘫坐在地上。

沙飞听两位警卫员哭诉了雷烨壮烈牺牲的经过，心里十分难过，掩面哭泣，说：“我以为这次突围，只有四位同志受了轻伤，没想到雷烨牺牲了……”

他再也控制不住自己的心情，号啕大哭起来。画报社的同志们无不捶胸顿足，悲痛万分。

沙飞带着画报社的同志们赶到石堂村的大石崖下面，那时曹家庄村、张家川村和南段峪的许多村民也已经赶到那里，大石崖下面黑压压地站满了人。

刘树梅听到这一消息，发疯似的跑到英雄牺牲的地方，悲伤大哭。

他一边哭着，一边在雷烨遗体旁边这儿挖、那儿扒，终于找到一块破碎的镜片和一个小铁环。

刘树梅后来把镜片和铁环用布包裹起来，仔细地珍藏，作为永久的纪念。

有人从雷烨上衣的口袋里翻出一本血染的册页本。册页本中，有雷烨的摄影作品，也有他写在上面痛斥日军暴行的激愤之语。沙飞读着这些文字，涕泪纵横，在场者无不失声痛哭。

晋察冀画报社党支部书记、摄影记者赵烈，将雷烨的册页本作为纪念收藏了起来，直至他也牺牲在战场。

大家整理好雷烨遗体后，和村民一起举行了安葬仪式，沙飞花 80 元买了一口最好的楸木棺材，把雷烨遗体就地安葬在他牺牲处对面的山脚下。他们用一块三四尺长、七八寸宽、一面刨光的木板制作了墓碑，李遇寅用毛笔书写：“共产党员雷烨同志，在此与敌遭遇，英勇抗击，壮烈牺牲。1943 年。”

一周后，晋察冀画报社举行了隆重的“追悼雷烨同志大会”，会场布置得庄严肃穆，摆满了花圈，与会人员沉浸在悲痛的气氛中。沙飞、罗光达分别宣读悼词，介绍雷烨同志生平业绩，沙飞、罗光达、章文龙、李遇寅先后朗读挽诗，赵烈朗诵雷烨遗作《滦河曲》，并展示了雷烨血迹斑斑的册页本。全场人员目不转睛地凝视着，无不伤心落泪，大会在悲壮的《国际歌》中结束。

1943 年 5 月 10 日，《晋察冀画报》第三期出版，这期画报用三分之二以上的篇幅集中刊登了雷烨的摄影作品 51 幅、诗 1 首、文章 1 篇和晋察冀军区第 13 军分区政治委员李楚离悼念雷烨的文章，成了纪念雷烨的专辑。51 幅摄影作品，内容丰富，题材广泛，主题鲜明，画面生动。

尤其是《日寇烧杀潘家峪》这组照片，把 1941 年 1 月 25 日日寇在冀东丰润县潘家峪杀死我国 1000 多名无辜同胞的暴行揭露出来，成为侵华日军暴行的铁证。《滦河晓渡》《冀东是我们的》《从奴役下战斗起来的冀东人民》等照片，都是雷烨在冀东精心拍摄，反映八路军和人民群众血肉相连、共同战斗的杰出摄影作品，现在已经成为抗日战争时期保存下来的为数不多的珍贵历史资料。

1943 年 5 月 14 日，《晋察冀日报》头版发布特讯《冀东军分区组织科长雷烨同志壮烈殉国》，重点介绍了雷烨同志的牺牲经过。

1943 年 5 月 18 日，《晋察冀日报》头版发表晋察冀军区第 13 军分区政治委员李楚离写的《悼雷烨同志》，文中写道：

雷烨同志这种英勇奋斗、不屈不挠的顽强精神，与临难不迫、从容赴义的光明态度，使法西斯匪徒在他面前低下头来，这种为民族全气节、为党争光荣的牺牲精神，在抗日史上又写下了光辉的一页。

雷烨同志的牺牲，使我党丧失了一个优秀的青年干部，使冀东工作又受到了一次顶大的损失。冀东同志听到你英勇牺牲的事迹，定将加倍努力英勇杀敌为你报仇，雷烨同志请你安息吧！

第四版专页发布新华社播发的《雷烨同志传略》，刊登了该报社长萧斯（邓拓）的悼文《恸雷烨》，文中写道：

一个年轻的朋友，我们优秀的文艺新闻工作者，八路军总政治部前线记者，冀东军分区政治部宣传科长、组织科长雷烨同志，在四月二十日的突然情况中，遇敌于山间狭路，只身苦战，中伤自刎，殷红的热血，洒向北太行碧绿的山隙。呜呼雷烨！民族的深仇和友情的悲痛，永远刺入我的心底于无穷！呜呼雷烨！不负乎生又不愧乎死，你的精神，永远随伴着斗争而长在！

同时还刊发了该报副社长舒予（张致祥）的悼文《悼雷烨同志》，文中写道：

雷烨同志，我是认识他的，他壮烈牺牲的消息传来，使我精神上受到袭击似的，垂着头，呆呆好久，惊疑、痛惜……纷然杂陈。海啸似的心境，最后平静了，两种情绪占据了我的心头：一种是骄傲，不仅是我之能够认识他，将引为我自己毕生的骄傲，并且，更为党骄傲，党有这样一个文艺工作者、新闻工作者，以无限忠诚与坚贞对党对革命，在收复了的国土上——自由幸福的晋察冀，临危壮烈自戕了，假如敌人的血手，已扼塞了自己，使自己不能再担负革命的责任的时候，那就拿出最后的血贡献给革命。雷烨同志就是这样做了的。在党的光荣斗争史中，像这样的中国的优秀儿女，把自己的最后一滴血贡献给党的事业的，是屡见不鲜的，但雷烨同志仍不失为其中杰出的一个！

他在文章的最后写道：

他来军区以后，曾写给我一封信，说是在回冀东以前，一定来找我谈谈，我也曾这样邀过他，想不到那封信就成了绝笔！他已永不能如约前来。然而我不能忘记他，这样一个党的优秀的青年文艺工作者！

1943 年 5 月 22 日，延安中共中央机关报《解放日报》头版发布新华社播发的晋察冀 20 日电讯《冀东分区组织科长雷烨同志抗敌殉国》的消息。

《晋察冀画报》第三期的“编后”对雷烨作了如下记述：

这一期所发表的冀东的新闻照片，都是雷烨同志的作品。雷烨同志，他是八路军总政治部的前线记者，一九三九年深入冀东在国防最前线的抗日根据地，与敌伪战斗数年。在热南，在塞外，在滦河沿岸，在伪满边境，他都亲手摄制了很多的新闻照片，记录下日寇屠杀中国人民的淋漓的血债，也记录下冀东军民顽强斗争的光辉史迹。

他这次重来军区，就把这些珍贵的材料交给我们，还计划写一篇长文，对冀东作全面报道，配合照片一并发表。之后，他就一面撰稿，一面协助本报的工作。

现在第三期画报出版了，冀东的生动有力的照片展现在读者的眼前了，然而谁能想到我们的作者，我们的雷烨同志，却已于四月廿日与敌人遭遇，身受重创、顽抗不屈，终至饮弹自尽壮烈牺牲了！噩耗传来，本社同人莫不痛惜，在这里，我们虔诚地向他致深深的哀念。

他尚未完成的关于冀东的长篇报道原稿失落了，无法刊出，这是一个重大的损失，也是一个难偿的遗憾！

为了追悼我们的战友，最后我们辟了专页，刊登了一些铜版和文字以及雷烨同志的遗作，当为永久的纪念。

编辑室

五月五日

六

雷烨牺牲以后，画报社全体人员、雷烨的警卫员和村民按照民间习俗，到雷烨墓前献花圈，烧纸钱，做“三七”。雷烨牺牲的地方有很多高大的银杏树，村民们将它们命名为“雷烨树”，以示纪念。

而在遥远的雷烨故乡金华后项村，银杏树正蓬勃地生长出密密的叶子，郁郁葱葱，迎风招展，好似预示着雷烨精神的长存。

几十年来，在石堂村的河谷里，生长着一大片银杏树，它们傲然屹立在雷烨牺牲的大石崖边，气势磅礴，雄伟壮观。它们曾经被炮弹炸伤，但历经沧桑，浴火重生，如今依然枝繁叶茂，枝干相交，遒劲苍老，果实累累。每逢春夏季节，银杏树苍翠欲滴，蓊蓊郁郁；每逢金秋时节，银杏树下遍地金黄，蔚为壮观。

村民们为这片“雷烨树”而感到骄傲，这是村民们对牺牲在这里的雷烨最珍贵的纪念。

在远方，在冀东，雷烨站成了一棵挺拔耸立、枝繁叶茂的树，一棵永远年轻、永远茂盛的树，一棵迎接反“扫荡”胜利的树，一棵昭示雷烨精神不死的树。

1945年春季，冀热辽地区反“扫荡”取得了决定性胜利。接着，我军在夏季攻势中挺进热河和辽西，在锦热路南北开辟了广大地区。

这一年，世界反法西斯战争和中国的抗战形势发生了根本变化，中国人民抗日战争大反攻的时刻终于来到了，被日本侵略者的铁蹄践踏了十几年之久的冀热辽地区终将获得新生，饱受欺凌的千百万同胞终将从奴役中解放出来。

红旗插遍了冀东。在这块水深火热的土地上，冀东军民从1938年大暴动开始，经过7年浴血奋战，终于迎来了抗日战争的历史性胜利。

1945年8月15日，日本正式宣布无条件投降，我国抗日战争至此获得了最终胜利。

中国人民苦战14年的抗日战争终于取得了最后胜利！这期待已久的消息，真让人们欣喜若狂！接着，整个晋察冀驻地的军民便沉浸在极度欢乐之中！可是尖兵剧社却出现了另一种情景，大家竟不约而同地失声痛哭起来……是的，我们终于胜利了，但是关心支持尖兵剧社的组织科长雷烨却早已壮烈牺牲，许多人都没有见过这位英雄；我们失去了一批亲密的战友，他们在战斗中献出了宝贵的生命。他们英勇地战死在黎明之前，用头颅和热血拓宽了胜利的道路！

那些天，延安和晋察冀一样沉浸在一片欢腾之中。宝塔山下，延河两岸，中央机关和延安群众敲锣打鼓，载歌载舞，和全国人民一起分享胜利的喜悦。

1949年10月1日，第一面五星红旗在天安门广场冉冉升起，中华人民共和国成立了！

新中国犹如旭日东升，生机勃勃，霞光万丈。

雷烨就是从延安走来的一位文艺老兵，一位战地记者；雷烨就是从晋察冀走来的一位革命先驱，一位伟大英雄。

“反‘扫荡’很快就会胜利的！”雷烨热切盼望的胜利的一天终于到来了，他和无数先烈用鲜血换来的全民族的彻底解放终于迎来了曙光。

雷烨牺牲地旧址

下部

寻访

第九章
鲜花开遍了原野（上）

一

1938 年早春时节，鲜花开遍了原野。

浙赣线铁路边上的后项村沐浴在一片春光里。

村边的小河泛着绿油油的水波，水面像镜子一样映照着河边的草木，在水里晃成明媚的一片。田野里金灿灿的油菜花开得正旺，一朵朵粉嫩的小黄花在风中摇曳，一片片连在一起伸向远方，把阡陌纵横的田塍覆盖，平日里坦露的小路隐在其中，眼前是一望无际的花海。

金土在心里盘算着这是自己在家里过的最

后一个春天。

村口那棵银杏树像一位青春勃发的少年，高大而又挺拔地耸立着，枝头已经悄悄地冒出了嫩芽，随着气温的回升，很快就会长满绿叶。金土心想，等到秋天到来，银杏树的叶子会慢慢变黄，银杏果子会慢慢成熟，那时他会从远方回来和家人们团聚。

金土带着弟弟妹妹们来到村子的小河边，身后跟着他家的小狗阿黄。

金土已经做好远离家乡奔赴延安的所有准备，他要出去闯一闯了，所以他给弟弟妹妹们都做了安排。

二妹秀华已经出落成大姑娘，知道哥哥要出门到很远很远的地方，但不知道哥哥要去哪里。

小妹秀娟才 12 岁，弟弟秀文才 9 岁，都还年少不谙世事。

秀华对金土说：“哥哥，你出去了要早点回来。”

金土说：“哥哥要去打鬼子，把敌人赶跑了就回来。”

秀华说：“那什么时候能回来呢？”

金土指了指眼前的满地油菜花，说：“等来年油菜花开了，哥哥就回来了。”

秀华说：“哥，说话可得算数。等明年油菜花开了就回来。我带着弟弟妹妹在家等你。”

小妹秀娟眼泪汪汪地说：“哥哥，你别出去啊，我要和你在一起。”

弟弟秀文拉着金土的衣角，说：“你把我带去吧，冬天我给你焐被窝，夏天我帮你扇蚊子。”

金土摇了摇头，说：“那里要穿草鞋，急行军，吃的是高粱、小米，你还小，等长大了，我一定回来带你去。”

在银杏树下，金土对弟弟妹妹说：“你们在家都要听二姐的话。”

秀华对金土说："哥，咱们一言为定，我们等着来年油菜花开。"

她怎么也想不到，哥哥金土去延安后只在前几年偶有署名"雷雨"的信件寄回来，之后就断了联系，如泥牛入海，人间蒸发，再也没有任何消息。

秀华和家人一年年盼着油菜花开，一年又一年，只是不见哥哥归来。

哥哥，亲爱的哥哥，你在哪里？

后项村坐落在孝顺镇，是典型的江南美丽小村，四面环河，风光秀丽。后项村最早时称环河村，项氏祖上从武义城内十字街迁居至此。

到项为远这一代，后项村已经是项氏集居地，村里已有项氏人家 80 余户，300 多人。项为远家世代务农，经过几代辛勤劳作，到儿子项元春手中积累了田地四十几亩，藕塘三口，乌桕几十株，家境还算殷实。

项为远是个盲人，没有上过学，却能讲很多民间故事，村里的大人小孩都很爱听。老人家眼睛不好，但记性很好，还会教孙子孙女们古诗词，秀华老了还记得祖父教她背唐诗的情景。祖父心灵手巧，虽然眼睛瞎，但什么活都能干，尤其是耳朵特别灵。过年时，他和平常人一样做冻米糖，在锅里炒芝麻，他只要听声音就知道芝麻是否炒熟了。不仅如此，祖父勤俭持家，他最看重的是对孩子们的培养，教导儿子和孙子、孙女要堂堂正正做人，清清白白干事。

项元春娶了义乌义亭人吴海妹为妻。1914 年 8 月的一天，在项元春新造的农舍里，一个男孩呱呱坠地，让项元春喜不自禁。

项元春虽然出身于农耕之家，但他读过几年书，也算是有文化的人，他给男孩取了两个名字，大名叫项俊文，小名叫金土，希望儿子日后成为有文化的才俊。

后来，项元春又有了四个子女：项秀英（桂妹）、项秀华（云凤）、项秀娟（飞凤）、项秀文（顺金）。

每一次新生命的降临，都给这个农耕之家带来喜气和欢乐，但也增加了养家糊口的困难。

项元春虽然只读过几年书，但性格耿直，好公仗义，因此在后项村很有威望。1926 年前后，他为后项村办了两件“大事”，一是改“经堂”为“环河小学”，自任董事长；二是捐出自家百年老樟，牵头造了“项氏宗祠”。环河小学在“经堂”里上课，后来，“经堂”倒塌了，环河小学搬到了项氏宗祠。

项元春是个要强的人，自己办起了环河小学，又牵头造了项氏宗祠，为公家的事不遗余力。他要养包括父亲项为远在内的八口之家，是家里唯一的男劳力，所有的重担都压在他肩上，终年积劳成疾得了重病，整个人瘦得皮包骨，全身发黄，终日无力。他每次到金华看病也无人陪伴，都是一个人两头跑。那时要坐船沿义乌江西行到金华，来回要好几天，项元春常常累得筋疲力尽，躺在床上动弹不得。

病痛把项元春折磨得不成样子。1927 年的一天，他挣扎着起来自己一个人坐船去金华城里的教会医院看病。医生仔细地给他做了检查，摇了摇头说：“你来得太迟了，病入膏肓了啊！”

项元春无力地躺在医院的走廊里，心里想着妻子吴海妹。吴海妹嫁过来的这些年含辛茹苦，上要服侍公公，下要操心金土他们五个孩子，最小的秀文还不满一岁。项元春舍不得离开这个世界，上有老，下有小，他是全家的顶梁柱，一大家子怎么离得开他呢？

想到这些，项元春不禁怆然泪下，愧疚、愤懑、自责让他痛不欲生。就这样，项元春带着遗憾，蜷缩在教会医院的走廊里，痛苦地煎熬着，不久就咽了气。

吴海妹听到噩耗，带着年幼的金土赶到医院太平间，掀开项元春脸上的白布，说什么也不相信这是真的。母子俩抱头痛哭，哭得天昏地暗，但人死不能复生。

在好心人的帮助下，吴海妹母子把项元春的遗体运回了后项村。

项氏家族的长辈们纷纷伸出援助之手，帮助吴海妹置了廉价的棺材，在村北黄泥岗的荒草丛中埋葬了项元春。

项元春生前曾经不止一次对吴海妹说："以后一定要把孩子们培养成人，让他们有书读，有衣穿。"

吴海妹看着这一个个都还小的子女，流着泪说："卖田卖地也要让金土读出山！"

那时，金土已经读小学了，长成懂事的小伙子，他知道父亲去世后，一家的重担都落在母亲吴海妹肩上。

好在学校就在家门口，而且还是父亲一手办起来的。金土白天去学校读书，每一堂课都全神贯注，他认真地听课、做作业，成绩在全班排名第一。金土像海绵吸水一样汲取着中华民族的优秀传统知识，他一方面勤勉地完成学业，一方面向村里的项氏长辈了解后项村的历史，并帮助村里整理历史文化资料。村里的长辈们看着金土样样都会，都夸他长大后一定有出息。

每天放学后，金土就帮着母亲干家务活，除了捡柴烧饭，还常常到地里采乌桕籽，顶得上半个劳动力。

1930 年，村里的项氏长辈们开始编撰《环河项氏宗谱》，16 岁的金土主动参加修谱，这成为他走向社会的第一步。村里带头修谱的长者项增寿，看到小小年纪的金土既懂事，又勤奋，就把编撰宗谱的文字整理工作都交给他去做。那时村里人都叫他“金土”这个小名，于是在《环河项氏宗谱》十位谱理名单中，金土的名字排在最后，成为最年轻的理事。

通过编撰项氏宗谱，金土对中国历史产生兴趣，也对项氏家族的开枝散叶有了全面了解，他对因武力出众而闻名的武将项羽十分敬佩。项羽被围困垓下，不肯过江东自刎而死，历史上对他的评价是“羽之神勇，千古无二”，这些宗谱里记载的英烈事迹给金土留下深刻的印象。金土在整理项氏家训时，将项氏家训归纳为：孝父母第一，友兄弟第二，和室家第三，勤持家第四，睦宗族第五，敬亲谊第六，慎交友第七，恤邻里第八。中华优秀传统文化给年轻的金土留下十分深刻的印象。金土小小年纪就为项氏族人认可，可见他少年英才，出类拔萃。

二

1930 年，后项村传来喜讯，金土考取了浙江省立第七中学[①]（简称“七中”），要到金华城里读中学了，后项村终于出了第一个中学生。

当时全省各地区都办有一所高等中学，金华的排列全省第七，因此被称为省立第七中学，校址在金华太平天国侍王府边上的鼓楼里。七中的前身是丽正书院，1902 年改成中学堂，是当时金华的最高学府，校内绿树成荫，环境优美，设施齐全，科目众多，不仅有各类实验室，还有图书馆、艺术馆。课程有历史、国文、哲学，还有农业、木工、金工、藤工等职业类学科。七中崇文尚美，鼓励学生充分发挥潜能，为社会培

① 现浙江金华第一中学。

养各类人才。金土读的是文科，但他又利用空闲时间选修了测绘专业，为以后谋生多备了一项技能。

西风东渐，新浪潮从古老的中华沿海泛起，金华这座古城被推向中国发展的前沿。金土在这里接受古老中国文化的熏陶，目光越过奔腾的婺江，向更为广阔的钱塘江眺望，向更为壮阔的黄河长江遥望，这是他求学的一个转折点。

浙江省立第七中学是具有光荣革命传统的一所学校，这里走出去的一大批学生都成为早期中国共产党人。早在1925年五卅运动时，浙江中部的小城金华就掀起了闻名中外的学潮，这次学潮以七中为核心，联合金华的各校师生走上街头，响应这场反帝爱国斗争，学生们来到通济大桥下，来到梅花门、船埠头等处检查、抵制和没收英日货。学生们还捣毁了“禁烟督察署”，这是一个以“禁烟”为名，实则大肆贩卖鸦片、毒害人民的地方。

金土在七中如饥似渴地学习着文化知识，同时也接受了各种新的思潮和学派精髓。随着革命形势的发展，《新青年》《向导》《共产党宣言》等一些宣传阐述科学社会主义理论、爱国主义和反帝反封建思想的书刊，在青年学生中广为流传，金土的心被深深地震撼，共产党解放全人类的理念就像一颗种子在他的心中生根、发芽、开花、结果。

金土在这里开始大量阅读文学作品，为他以后成为诗人和作家奠定了坚实基础。只要能找到的书，他都去找来阅读。他有非常好的读书习惯，将读过的书一一作了读书笔记。他留存下来的读书笔记中，较完整的有关于老舍及其著作的读书笔记和关于菲力克斯·沙尔顿的《班麋》的读书笔记。

在关于老舍的读书笔记中，他系统介绍了老舍的创作经历、性格，罗列了老舍的很多作品，还对老舍的《马裤先生》归纳了全文大意。可见金土对老舍研究的深入、全面。

关于《班麋》的读书笔记，分作者略传、全书大意和感想与批评三部分。从中不但可以看出少年金土学习中外新文学的认真态度与研究深度，更可以窥见这位成长中的少年的世界观和人生观。他在读书笔记中写道：“使我们看过的人都觉得无论如何得有仁爱，世界才会和平，才会宁静，这确是永远不可磨灭的真理。”他对人生观的理解是：“生命诚然是艰险的，但无论如何，他得忍受一切。我们要不断地学习如何生存和如何谨慎的道理，等等，到处都给我们一个观念，就是要独立生活，要自立，靠别人是卑鄙的。”在金土看来，《班麋》这本书可以与《爱的教育》相比，并且一样可以引起人的情感共鸣。正是这些图书给少年金土带来人生观的新视角，追求真理、热爱和平、自立自强，成为他后来选择并坚持的信念。

金土读完初二那年暑期回到村里，顾不得休息就和妈妈到田间干活。

那年自然灾害频发，春天发大水，洪水溢出环河，把整个村庄都淹了，农田颗粒无收。夏天又遇到干旱，刚插下去的秧田没水灌溉，影响了农作物生长。

金土家里穷得揭不开锅，一家人吃了上顿没下顿。

母亲吴海妹常常背着孩子们偷偷地抹眼泪。一家七口每天都要吃喝，她得变戏法一样把一日三餐整出来。

在贫苦中长大的金土，目睹了中国农村的贫穷，更了解了最底层农民的艰难，这培养了他坚韧不拔、自立自强的性格。

他白天去田里干活，夜晚就着煤油灯看书做笔记，不管多累他都坚持读书。

母亲一边打着麦秆扇为儿子扇凉，一边叹气说："下个学期的学杂费怎么办呢？"

金土说："下个学期我不去上学了，这样既省了学费，又可以找着活干，挣了钱补贴家用。"

母亲的眼泪像滚落下来的珍珠，说："我对不起元春呀！"

金土安慰母亲说："等我找到工作，弟弟妹妹们长大，我们的日子会好起来的。"

金土看着油灯下妈妈的身影，不由得有些伤感。妈妈佝偻着身子，面容憔悴，满头白发，仿佛一下子苍老了许多。

金土对母亲说："妈，以后你尽量少干活，把身体养好。我会去找一份工作，你不要太担心。"

母亲终于破涕为笑，说："妈也老了，身体越来越差。以后这个家就靠你了。"

三

金土在七中读书时结识了两位同学，他们成为金土一辈子的至交。一位是邻村的严金明，另一位是东阳的许为通。

严金明的家就在后项村邻近几里路的车客村，是严氏居住地，聚集了严子陵的后裔。严金明和金土同龄。1931 年，也就是"九一八"事变的那一年，严金明读高中师范科一年级，金土读初中二年级。两人在一次学生爱国活动时相识，又因为是邻村老乡，很快就成为好朋友。

第二年下半年，严金明和金土都因为交不起学费辍学回家。

这年，后项村里的环河小学正缺一名教师，金土推荐严金明到后项村教书。严金明想通过教书存了钱再去复学，但一想到金土也需要一份工作，就坚决不同意。

金土说：“我到高中毕业的路比你长。再说我是本村人，磨不开面子。你是外村人，外来和尚好念经，你来了一定行。”

在金土的劝说下，严金明接受了环河小学的聘书，在后项村住了下来。这期间，他们朝夕相处，情同手足，天天在一起自学，相互督促。严金明在后项村教书时，几乎天天都到金土家串门，和金土亲如一家，金土的母亲吴海妹和二妹秀华都很喜欢这个小伙子。

后来因为校董事会意见分歧，严金明只在环河小学教了一个学期，就到车客东山小学任教了。

1933 年上半年，严金明回到七中继续读书。有个周末，严金明从七中回家后，放下行李就往后项村跑。

金土和秀华出门迎接严金明，后面跟着摇首摆尾的阿黄，大家高高兴兴地谈天说笑。

时值中午，严金明发觉他们还没有吃中饭，看灶头冷冷清清，揭开锅盖，锅里只有一点点刚煮熟的豌豆，不到两碗。两人如何吃得饱？

生活如此艰苦，但金土神色自若，对贫穷困苦毫不在乎，这让严金明十分叹服。秀华 15 岁了，小鸟依人，令人怜爱，很让严金明动心，金土更是了解严金明的心意，竭力促成他们俩感情的结合。

那时，严金明还在教科书里钻研，而金土已经接受革命思想，很多想法都已走在严金明前面，不再把严金明的话当生活的指南针了。金土对严金明说：“我要出去闯一闯，找一个既有书读，又可工作的地方。”

金土开始做着出去闯荡的各项准备工作，其中主要是弟弟妹妹的安置工作。大妹妹秀英由婆家接去完婚，小弟秀文暂由她带去照料，小妹秀娟被二仙桥姑妈家要去做童养媳，二妹秀华与严金明情投意合，只等办订婚手续。

那年，许为通和回校复读的严金明刚好同班，成为无话不谈的朋友，彼此毫无保留。

金士一次次进城来看严金明，自然也和许为通交上了朋友，后来慢慢熟悉起来，称呼随便了，来往信件里署名“你的朋友俊文”或“弟俊文”。

许为通保留了和金士的三封通信。

为通仁兄：

长久没有向兄问候，思念得很！想兄一切都如意吧！

今天是新年的第八天了，实在说来，今天向你拜年也嫌迟了。你嫌迟了吗？

你的《古代英雄的石像》，我已看过了，得益真匪浅呢！今天托便奉还《古代英雄的石像》，请兄勿以这样很迟地奉还你为责！

拜年，我不来管你嫌迟与否？

一鞠躬、二鞠躬、三鞠躬！同时，再敬祝

新年如意！

弟　俊文立正鞠躬

新年八日

为通先生：

我前次复你一信，想来可接读了？怀念得很！自那次复你信后，在我这悲哀的情绪上思起，为以不知有多少日子从我俩信息沉默的海面逝去了！哎，许先生，我在这几天里颇觉孤寂了，你怎样？你能否吐几个字于白的信纸上，当我一种寂寞的消遣？又祈常赐你的教！默祝

思想进步！

玉体安健！

你的朋友——俊文上

九二八灯下

为通先生：

你回信上鼓励我的许多话，我轻轻地早把它安放在我的心府里了，我这冷静的心府从今后又要暖烘烘起来了；这“暖烘烘”正如春初的太阳光，温柔地、多情地晒在将萌芽的草苗身上；它为的希望那草苗的成长，使它又肥又大，有所用场！那它才不会于这世界上空跑一趟！

呵，呵！——暖烘烘地照！照！——温和的太阳。

敬祝

一切如意！

俊文敬礼

八月初十下午

在不断接触中，许为通愈来愈感到金土思想进步起来。金土表示，为人一世，应该对民众有所贡献，不能来世界上白跑一趟。金土爱读书，但从不看低级趣味的作品。抗日战争前，他专门从严金明那里借去鲁迅的杂文和叶圣陶的小说。

金土在给许为通写的信中表示，自己读了叶圣陶写的《古代英雄的石像》一书，得益匪浅。他还在信中吐露“悲哀”和“孤寂”，他痛恨日本侵略，一步步地成熟起来，成为那一个时代的“救亡青年”了。

第十章
鲜花开遍了原野（下）

一

义乌倍磊埠头村走来了一位朝气蓬勃的青年，他就是辍学回家的金土。1932 年，倍磊埠头小学急需一名教师，于是金土应聘来到倍磊埠头小学任教。

埠头村是义乌倍磊小镇边上的一个小村，尊师重教的风气很好，很早就办有小学，周边泽塘、金山、葛仙等村的孩子都到这里上学，学生从一年级到三年级，有 50 多人，学校采取复式教学，由金土一个人教。

坐在教室里的几十名学生，年龄大的和金

土一般高，小的还是稚童，素质更是参差不齐，但金土把他们当自己的兄弟姐妹，言传身教，谆谆教导，亲如一家。

一、二、三年级的课，金土都要教，他有时讲得口干舌燥，但始终乐在其中——有一份工作总是好的。

白天，金土忙着学校里的事，一到夜晚空下来，他想着家里的母亲和弟弟妹妹总有些不放心。

后来，母亲的身体越来越差，二妹秀华都十几岁了却没有读过书，小弟秀文也已到了读书年纪，正好可以跟班读书。金土就把二妹和小弟带在身边。

倍磊埠头村坐落在八宝山脚下，背靠南山，北临义乌江，风光旖旎，环境优美。这里的村民淳朴敦厚，尊师重教，经常把新鲜的蔬菜、水果送给金土一家；每逢佳节，更是家家户户给他们送食物，端午送粽子、鸡蛋，中秋送月饼、糕点，让他们感到家的温暖。村民们看到金土年纪不大，却把学生们教得那么好，都从心底佩服这个年轻教师。

这年夏天，埠头村突然遭受了一场百年不遇的龙卷风。那天，乌云密布，狂风大作，暴雨如注，山洪暴发。瓦片在空中乱飞，顷刻间水漫进了学校，金土顾不得妹妹和弟弟，连忙把一个个淋得如落汤鸡似的学生送回家。

洪水退去以后，金土和村民一起打扫教室，修复门窗，又把学生一个个叫回来，很快恢复了上课。

这年秋季，从孝顺传来口信："妈妈死了！"

金土顿时如五雷轰顶，愣在那里，带着秀华和秀文不知如何是好。三个人抱头痛哭，泪水在他们的脸上流啊流。

金土带着秀华和秀文从埠头坐船渡过义乌江，再走路到义亭火车站，赶上去往金华的末班车。

到火车站，金土才发现身上带的钱不多，只够两个人的火车票。

金土到车站买了两张火车票，让秀华和秀文坐上火车，自己准备沿铁路走路回孝顺后项村。

秀华很懂事，对金土说：“哥，你带着弟弟坐火车吧，我走路。”

金土坚决地摇了摇头：“妹妹，你也还小，力气不大，带着弟弟坐火车。”

火车慢慢启动了，秀华、秀文扒着窗户看车窗外的金土，泪流满面。

站台上的金土也流着泪向车上的秀华、秀文挥手，泪水模糊了双眼。最后，整个站台只剩下金土一个人孤零零地站在那里。

金土等到火车开走，回过神来，开始沿着铁路路基，一步步向孝顺方向走去。那天，金土走了几十里路赶到家时，已经是深夜。

金土和弟弟妹妹们围着妈妈的遗体号啕大哭，他们永远失去世界上最亲的亲人了，更不知道今后怎么生活下去。

在族人长辈和邻里的帮助下，金土兄弟姐妹把母亲埋在村北黄泥岗父亲的坟里。

妈妈去世了，家中缺了顶梁柱，给这个困难的家庭带来了沉重的打击，兄弟姐妹成了没有父母的孤儿。

父母双亡，长兄为父，金土不得不用自己青涩的肩膀扛起这个家的重担。

二

金土已经成为挺拔茁壮的青年。虽然偏居义乌乡下的倍磊埠头小学，但他一直关注着时事的发展，了解中国革命形势，并思考着怎样才能走上革命的道路，为解放全人类尽自己的力量，让穷人彻底翻身过上好日子。

他在课堂里除了教语文、算术等课程外，还给学生们讲中国历史，讲抗日形势，启发他们爱家乡、爱祖国。学生很快就喜欢上这位外乡来的老师。

金土除了日班教小学外，晚上还办成人夜校，为教育救国的理想尽力，受到当地群众的爱戴。

放学后，金土就带二妹秀华和弟弟秀文到义乌江边，义乌江的对面是开阔平坦的田野，春天开满了金黄的油菜花，和老家后项村的那片油菜花一样开得热烈奔放。

金土教妹妹、弟弟唱《国际纵队之歌》《松花江上》等歌曲，表达对献身西班牙的国际纵队勇士的崇敬，仰慕奋战于冰天雪地的东北义勇军，向妹妹和弟弟传播革命知识。

1934年，项俊文（后）、项秀华（前右）、项秀文（前左）在家合影

埠头村村口有渡口，是义乌江上的一个埠头，一边逆水而上是佛堂大镇，一边顺水而下是孝顺、金华，虽然村庄不大，却也人来人往，有些热闹。村后群山连绵，绿树成片，鲜花盛开。放学了，金土带着二妹秀华和弟弟秀文到后山拔野笋、采松菇。二妹折树枝搭起拱门棚子，带着弟弟在棚里避阳光，躲风雨，捉迷藏，还用山栀子花扎成花环让弟弟戴着，洁白芬芳的山栀子花在他的头上摇曳晃动，散发出浓浓的花香，这成为秀文

几十年以后能回忆起的最美好的童年时光。

那段时间，金土还抽出时间去上海会左联朋友，他在七中认识的同学中，有人早早地到上海寻求革命道路。五四以后，左翼文化阵营渐渐成为中国思想界的主流，那是不满现实的青年们投奔和向往的地方。阅读左翼文学作品是20世纪30年代中国文化青年的时尚。

上海之行，让金土对外面动荡的世界有了一种新的认识，虽然迫于生计没有在大上海驻足停留，但他更坚定了投身革命的信念。

金土一边教书，一边照顾几个妹妹和弟弟，现在母亲不在了，他是一家之主。他常常想到母亲临终时的嘱咐，心想着妹妹秀华已长成大姑娘，应该早点完婚，便给严金明写了一封信，要求严金明表态。

一天，还在金华读书的严金明抹着眼泪给许为通看了这封来自金土的信。

信上这样写道：“你对my·s究竟作何主张？”他用“my·s”（英文sister的缩写）来代替自己的妹妹。

严金明抹着眼泪对许为通说：“爸爸不同意，怎么办？”

许为通问：“为什么呢？”

严金明说：“原因只为后项的项氏在孝顺是客居的小姓，老人家旧脑筋转不过来。”

许为通对严金明说：“大姓小姓在清朝有区别，小姓不能考秀才。现在早已没有区别。你好好对爸爸讲道理嘛！”

经过严金明的说理，老人家还算通情达理，同意了这门亲事。

1935年寒假，许为通从杭州专程到金华车客村喝了严金明和秀华的喜酒，见证这段姻缘。

为了更好地照顾年幼的弟妹，金土后来辞去了倍磊埠头小学的教师职务，回到家里。

暑期里，金华城里需要“土地测绘员”。金土在七中时学过测绘专业，经人介绍当了几个月的测绘员。

那段时间，金土跑遍了金华的大街小巷忙着测绘。他心挂两头，一方面尽量做好工作，一方面又惦记着家里——他只能隔一段时间回家看望弟弟妹妹。

在金华当测绘员的日子里，他还给家里写了一封信：

云凤：

本月十八托孝顺的方正荣寄回大洋叁元及托潘继美兄寄回大洋五元，共八元不知均已查收否？到今天还不见你的回信，很是挂念！收了此信后，望即回信。

门口祠堂前二斗，托桂秋伯耕田。

托你趁这天气未十分热的时候，做了一双黑面的鞋（最好软底）。

平日到孝顺去买东西，最好你去，或飞凤同顺金一起去，切不可让他俩中的一个去！而他俩去的时候，尤应嘱他俩小心火车。

家里的门户，时时宜检点，切不可为了几个女伙伴的嘻嘻哈哈而做出许多错的事情出来。

天气渐渐暖了，惟其如此，睡觉时对于冷热尤应仔细。翠鱼这几天已回孝顺否？（请勿将此愚语与他说）

末了，望你们三个人迟眠早起、努力做事、努力求学！

哥 weing[①]

本月二十一日

正是这年，21 岁的严金明从七中高中师范科毕业。由于严金明和许为通学业优良，思想进步，得到时任校长方豪的赏识，介绍他们一起到杭州的浙江省立贫儿院任教。

那时，金土抽出时间，专程到浙江省立贫儿院看望严金明、许为通。许为通也经常和金土通信，在思想上给金土很大启发。

三

1937 年 7 月，金土把最小的弟弟秀文托付给妹夫严金明，送他到杭州的浙江省立贫儿院念小学。

贫儿院的生活相对宁静安稳，但这种安宁很快就被紧张的时局所打破。11 月，日军于金山卫、全公亭登陆，日益逼近杭州。贫儿院经过长途跋涉搬迁到金华里郑村。

浙江省立贫儿院搬到里郑村后，这里成了播种革命种子的地方。当时金华国共合作的统战组织是县抗日动员委员会，主要干部周百皆是从延安来的共产党员，他几次来里郑开展工作，介绍严金明加入了中国共产党，计划把里郑村作为金华沦陷后的抗日根据地。

许为通撤离杭州时，留给朋友的通讯处是金华孝顺后项金土转。金

① “哥weing”即项俊文。

土家后项村到里郑村只隔十几里，只要渡过义乌江即可到达。金土收到信件就及时送到里郑村，到贫儿院看看。

贫儿院订了武汉出版的《新华日报》和《群众》，那时在金华新知书店就能买到许多进步书刊，包括《共产党宣言》。许为通在贫儿院负责书刊保管，金土来了可以顺便翻阅，有时也借回去看完了再送回。

为了熟悉这一带未来的抗日根据地，周百皆从里郑出发，去看望住在义乌老家的冯雪峰。金土曾经在义乌倍磊埠头小学教书，那里离冯雪峰的老家赤岸很近。金土对那一带很熟悉，便自告奋勇带路。

周百皆、严金明、金土一起从里郑出发，经龙潭下往义乌方向，再经大小关余岭，从让河街、白溪回到里郑村，一天要走一百多里山路。

沿途碰到村民，周百皆都会向其了解各种情况，问生产情况、问经济情况、问群众对日寇入侵的思想情况，什么都问，问得很细致。

他们辗转跋涉，终于在义乌一个叫桥亭的小村庄找到了冯雪峰，这里是冯雪峰的亲戚家。

冯雪峰是中国现代文坛颇具影响力的人物。他于 1937 年底回到义乌老家。作为一名作家，他在亲历了红军二万五千里长征以后，一直想以此为题材，写一部有关红军长征的长篇小说，以便让世人更多地了解中国革命和中国红军，只因忙于党的地下工作和文艺论争，一直未能行动。这次他集中精力在家乡创作长篇小说。

冯雪峰名气很大，穿着却很朴素，他中等个子，偏瘦，戴着小毛线帽，着青土布长衫。他见到周百皆非常高兴，似有谈不完的话，谈笑间很快就过去了半天。

冯雪峰的家里人特意包了馄饨款待他们。临别时，冯雪峰将他们送出村口，还送了一程又一程，最后才依依惜别。

在周百皆的影响下，金土更向往革命，希望能加入中国共产党。过了一段日子，严金明向周百皆提出可否吸收金土入党时，周百皆说：“且让他在党外锻炼一段时间。”

金土没有如愿入党，受到很大打击，还怪严金明对他推荐不力。

严金明只好安慰金土，除了要他继续经受考验，也不好再说什么。这时共产党员童超刚好从延安回来，他的任务是发展“民先”。

严金明把金土介绍给童超，于是金土就参加了“民先”组织，做了许多工作，与进步青年往来频繁。

1938年春天，金土找到严金明说路费已筹好，准备到延安去，这也是严金明早已预料到的事。那时候，严金明刚好回到车客家里。

严金明是金土的妹夫，是一家人。金土要远行，他的心情很复杂，有些不放心，可延安又是革命圣地，他不能拖后腿。

严金明说：“你不出去，在金华也可以解决组织关系。”

金土说：“那边还可读书。”他的意志很坚决。

严金明不知道说什么好。

金土说：“我的弟弟妹妹，只好托你照顾了！”

严金明说：“只要我还活着，照顾的责任，义不容辞，决不辜负嘱托！”

金土说：“我将家中唯一房产典了100银圆做路费。以后，让秀华有条件时早点赎回来。”

严金明说：“你放心出去，家里的事，我们会办好。”

金土放心不下年幼的弟弟秀文，特意到贫儿院和好友许为通道别，这是他最后一次看望弟弟。

许为通把金土送出村外，两个人边走边谈，又在路边一块大石头上坐下来细谈。

金土说："小妹秀娟和弟弟秀文都还小。我这次出去，一切只好依靠二妹秀华和严金明了。"

金土心里也很不安。自古忠孝两难全，他要奔赴延安，只能抛下家人。作为长子，他没能尽到自己的责任，大妹妹嫁到浦江山村西湖塘；二妹为了生活，未及婚龄就早早地和严金明成婚；小妹被送到姑妈家做童养媳；弟弟只能托付给在贫儿院任教的二妹夫严金明。

那天，金土和许为通谈了很久，两个人才默然地离别。

一切安排妥当后，金土悄悄地启程，登上了孝顺火车站向北进发的火车。

他将深情目光的最后一瞥投向这片生他养他的土地，原野上开遍了金黄的油菜花，漫无边际地伸向远方。

第十一章
贫儿院的歌声

一

离开哥哥金土的日子里，项秀文在贫儿院度过他的童年。里郑村离后项村只有十几里路，秀文一次次渡船过义乌江，走路回到后项村去看看自己的“家”。

老屋里空荡荡的没有一个人，只有从小跟他一起长大的小狗阿黄扑上来欢迎小主人，摇着尾巴一圈又一圈地围着项秀文转啊转，再也不肯离开小主人一步。

穷人的孩子早当家。金土离家以后，这个家的担子完全由二妹秀华担起来。

秀英嫁到浦江一个农家，但和丈夫性格不合，生活很不如意，几次到贫儿院找秀华，哭哭啼啼要回来。

秀华那时带着弟弟秀文在贫儿院生活，后来又把妹妹秀娟也带在身边，在贫儿院做护士。

秀华他们一家已经有四个人在贫儿院生活，总不能让大姐秀英也留下，贫儿院毕竟不是收留所。

于是秀华对秀英说："你只能回到浦江。"

就这样，苦命的秀英只能回到浦江婆家，后来生孩子难产，大人和小孩的命都没保住。

项秀娟在贫儿院一边读书学文化，一边工作做护士，过了一段相对平安的日子。

这次回家，秀文发现阿黄身上缺了一大块毛，心想一定是被谁用滚水烫去的。项秀文蹲下身子，抚摸着阿黄瘦弱的躯体。

邻居说："阿黄白天出去觅食，晚上一定回来守家门。"

项秀文紧紧地抱着阿黄大哭一场。哥哥金土离家后，只来过几封信，信署名"雷雨"，隐去了"金土""俊文"的真名，大概是怕牵连家里人吧。一封是 1938 年途经武汉时寄出，另一封是 1939 年寄出，另两封在 1940 年、1941 年寄自河北行唐陈庄药店。哥哥在信中要秀文"多看课外书，追求真理，不断进步""不要到这世界上来空跑一趟"。

那时候，项秀文对哥哥来信上的话似懂非懂，但记住了哥哥说的"多看课外书"，三年级时就看了《表》《文件》。《表》是鲁迅译的儿童读物，写一个流浪儿偶然从一醉汉手中得到一块表，在孤儿院的教育下最终把表归还原主。《文件》写一个为红军送密件的少年，被敌人抓住后，把文件吞进肚中，保住了机密。这些书深深影响了幼小的项秀文。

懂事的秀文更以哥哥金土在延安为豪，立志长大了像哥哥一样参加革命工作。1941年、1942年日寇两度流窜浙东，贫儿院几经辗转，从金华里郑搬到丽水碧湖，从碧湖逃难到云和，后来又从云和搬到平阳顺溪，足迹几乎遍布浙南山区。

秀文跟随贫儿院历经磨难。贫儿院搬到哪里，秀文跟到哪里，辗转间读完了小学直至考上中学。

在贫儿院，项秀文过着动荡的生活，经历了敌机轰炸，风霜雨雪，后到丽水碧湖战时保育院生活。他别无他物，唯有哥哥金土给的照片、信，被他贴身珍藏。

无论在贫儿院，还是在保育院，项秀文都受到了良好的教育。更幸运的是这两个地方都有地下党活动，抗日气氛浓厚。贫儿院经常带儿童们学唱革命歌曲，他们把歌曲《延安颂》改成《祖国颂》。

项秀文最喜欢《延安颂》，因为听到这优美的歌声，他仿佛就看到哥哥沐浴在延河的春光里；他也喜欢《太行山上》，听到这雄浑的歌声，就憧憬着有一天哥哥突然回来，带着自己到那“红日照遍了东方”的地方去。

可是日复一日，年复一年，油菜花开了又谢了，项秀文只能在梦中才依稀见到哥哥，哥哥仿佛断了线的风筝不知飘向哪儿。哥哥，亲爱的哥哥，你在哪里？你在哪里？

二

1943年春，项秀文考取了浙江省立联合初级中学[1]（简称“省立联

---

① 现杭州第四中学。

初”）公费生，从丽水碧湖翻山越岭到景宁城南联初校部敬山宫报到。那个学期吃、住、上课均在敬山宫。第二学期，学校在敬山宫旁大漾山边造了一排简陋的教室，学生们每天就经过大漾山去新教室上课。

这时，项秀文在保育院时的班主任蒋冰洲先生也到联初教语文，刚好又是联初的班主任。蒋先生曾在项秀文小学毕业班讲社会发展史，从“猴子变人”讲起。蒋先生头已微秃，额前有深深的皱纹，厚厚的嘴唇略为突出。调皮的学生叫他“猴子变人”。可是同学们最愿意亲近、最尊敬的也是蒋先生。同学们特别喜欢他上鲁迅的散文课。

他充满激情地给学生们朗诵《野草·题辞》：“当我沉默着的时候，我觉得充实；我将开口，同时感到空虚。”蒋老师在朗诵时眼中闪着泪花。

《秋夜》中的这些话，也是蒋先生喜欢念给学生们听的：“在我的后园，可以看见墙外有两株树，一株是枣树，还有一株也是枣树。”“而一无所有的干子，却仍然默默地铁似的直刺着奇怪而高的天空，一意要制他的死命……”

教室里静得能听见针落的声音，同学们总感觉蒋先生有许多心里话要对大家讲，他表面冷静，却掩盖不了那颗火热的心，犹如覆盖于滚滚熔岩之上的巨大“冰洲”。

陶湄波先生是他们的英语老师，同样也是同学们最亲近、最尊敬的老师之一。他常穿一件褪色的竹布长衫，文质彬彬，风度翩翩，爱护同学，讲话轻声细气的。同学们最喜欢听他上英国唯美主义作家王尔德的童话《快乐王子》，当他念道：

“燕子，燕子，小燕子！你肯把我那蓝宝石的眼睛送给那卖火柴的小女孩吗？她的火柴都掉进沟里了，她没有鞋，没有袜，没有帽，不带点钱回家她的父亲会打她的，她现在正在哭……”

同学们都流泪了，讲台上的陶先生似乎就是“快乐王子”，而他们都成了“小燕子”。

在同学们的心目中，蒋先生、陶先生就是长在大漾山上直刺青天的两棵枣树。因此，他们这个年级就取名为“劲草级”，出《劲草》墙报，金陵（现名肖扬）主笔，罗国屏画漫画。日寇投降之际出的那期，项秀文写了一首诗，名为《战神在微笑》。

三

1943 年暑假到了，项秀文和无家可归的同学们，只有回保育院这个“家”去度假期。当时碧湖院址已被炸，云和院址又因日寇细菌战、属鼠疫流行重灾区被围起来焚毁。项秀文只得翻越浙南群山，到平阳顺溪，在保育院平阳分院过暑假。

王冠民是平阳分院主任，同项秀文姐夫严金明、姐姐秀华同住一农家。冠民先生是有名的二胡爱好者。他的二胡从不离身。日寇侵袭萧山时，他于雪夜匆匆逃离，什么东西都丢光了，只留一只文件箱、一把二胡始终随身带着。他把二胡当作战士手中的枪，一到保育院就组织二胡演奏队，为《黄河大合唱》《生产大合唱》等抗日歌曲伴奏。

在平阳，冠民先生还带项秀文他们畅游南雁荡。从顺溪出发，迎着朝阳沿溪东行约 30 里，到了平阳水头镇，在水头下船顺鳌江而下，在南雁荡风景荟萃处上岸。迎面看到一块巨大的石屏风耸立于山腰，上书“东南屏障”四个大字。穿越石屏风下岩洞，拾级而上到了“仙姑洞”。洞中宽敞明亮，可容数百人。由于横悬山腰，又名石楼洞。师生们就于洞中过夜。那是一个月白风清之夜。仰卧洞中，可以看到皓月星空，习习凉风吹走了一天暑气，月光千里白，秋色一天清，在那淡淡月光的抚慰下，雁荡群山也静静地沉睡了。

只有冠民先生独坐洞口对月拉二胡，一曲又一曲婉转的二胡声，把他们这些小朋友带进了梦乡。这在项秀文的记忆里，是那几年离乱中最美好、最令人回味的岁月！

抗战胜利，项秀文随省立联初回到杭城，初中毕业考取了省立杭州高级中学（简称“杭高”）自费生。但后来因交不起“二石米”的注册费被抛入失学的深渊，甚至一度连吃饭也成了问题。

那时，项秀文听说冠民先生也因“有人注意”而离开了湖州。从此，人海茫茫，音信杳然。

很多年以后，项秀文才获悉，1947 年初，组织派冠名先生去台湾从事革命活动。后来冠名先生在台北壮烈牺牲，直到 1972 年，他被追认为革命烈士。

项秀文曾经读过尤利乌斯·伏契克的《绞刑架下的报告》，其中有一段是这样写的：

> 我向那些经历这个时代的人请求一件事：不要忘记！不要忘记善人和恶人。耐心搜集那些为着自己和为着你们而牺牲了的人们的证据。现在将要成为过去，人们谈论伟大时代和谈论创造历史的无名英雄的一天终要到来。我希望大家知道：没有名字的英雄是没有的。有许多人，他们每个人都有自己的名字，自己的面貌，自己的幻想和希望，因此，其中任何一个最不著名人的痛苦，也不比那些在历史上有名人的痛苦更少些。请你

们永远亲近那些在战斗中的牺牲者，就像对朋友，对亲人，对你们自己一样亲近吧。

每当读到这里，项秀文总是热泪盈眶，心情久久难以平静，情不自禁地追忆这位值得永生铭记的王冠民先生。

遥望南天，项秀文眼前又浮现出冠民先生拉二胡的身影：在那落日半江红欲紫的天边，在那淡淡江南月的雁荡群山，在那乌云密布、浊浪滔天的碧浪湖，那二胡声奏出了我们民族的苦难、人民的希望！

那二胡声也一定会在无数爱国台胞中引起共鸣，一定会引起他们无限思乡之情。先生的英魂一定会登上高山之顶，面对滔滔大海昂首高歌：

葬我于高山之上兮，望我大陆，大陆不可见兮，只有痛哭。
葬我于高山之上兮，望我故乡，故乡不可见兮，永不能忘！

那思乡之情犹如大海波涛，一浪高过一浪，永不遏止！

第十二章
黎明前的战斗

一

1947年初，项秀文再次进入杭高读公费生，开启了他人生道路上的新征程。在这里，秀文从一个普通学生走上革命道路，成长为坚定的革命者；在这里，项秀文加入了党的秘密外围组织，并加入了中国共产党；在这里，他和共产党人一起领导杭州的学生运动，在第二条战线上同国民党反动派进行斗争。

早在1946年，项秀文还在杭高自费读书。在一个秋风送爽的月夜，金陵同学来看望项秀文，兴奋地向他介绍杭高的爱国学生运动。

金陵同学进杭高的第一年就被推选为学生自治会主席，在开明的崔东伯校长的支持下举行了一次“反对出卖内河航行权”的游行。教育厅长许绍棣要求崔校长开除金陵等“为首分子”。

崔校长义正词严地说：“游行是我同意的，你们要开除学生，就先把我这校长免职吧！”

之后，崔校长果然被免了职。不久，金陵同学也秘密到解放区去了。

这件事对项秀文的人生道路起着重要的影响。从此，他更加向往这所具有革命民主传统的学校。1947 年，杭高面向社会招考公费生，项秀文下决心牺牲已经自费读了的学历，重新报考杭高公费生。项秀文父母双亡，哥哥去延安后杳无音信，当时的家庭状况也负担不了自费生的学费，唯一的出路就是考公费生。

发榜那天，大家挤在贡院前争找自己的名字，挤得里三层外三层，水泄不通。项秀文在“公费生”栏下看到自己的名字时，眼睛为之一亮。

那天晚上，他彻夜未眠，要是哥哥金土知道该有多高兴啊！当时报考杭高的有千余人，公费生只有个位数。这是项秀文又一次凭借自己的实力考取公费生，真是太不容易了。这个时候，项秀文的爱国热情也如岩浆迸发喷涌。

在党领导的中国革命运动中，杭高学生运动出现过两次高潮。一次是五四运动前后，一次是三年解放战争时期。两次高潮出现时各有一位因支持学生正义斗争而被免职的校长：经亨颐先生和崔东伯先生。他们都具有以天下兴亡为己任的高贵品格，没有教学生背诵什么万古不变的信条，而是教导学生们与时俱进；没有多少道德说教，而是以其刚正不阿的品格时时影响着学生们；他们一生好学不倦，对中华优秀传统文化有深厚的造诣，又终生钻研一门学问，执教一门课程。这给学生们以潜移默化的影响，形成了艰苦朴素、勤奋好学、团结民主的优良传统。在中华民族生死存亡的紧急关头，杭高学生总是挺身而出，代表人民的利益，呼喊出他们的要求，以大无畏的精神投入战斗。

1947 年，杭高还没有地下党组织，但是，中共杭州地方工作委员会通过党的秘密外围组织——新民主青年社（Y.F.）和地下学联，领导着杭州的学生运动，在第二条战线上同国民党反动派进行斗争。项秀文就是“Y.F.”最早的一批成员。经过几次斗争，他和同学们认清了敌人的狰狞面貌，提高了阶级觉悟。

二

西子湖看起来波澜不惊，而水面下正涌动着一场轰鸣的“大潮”。项秀文和地下党的同志随时准备着投入爱国学生运动。

1948 年初，浙江大学地下党组织在杭高发展了包钟锐、王维澄、张育珍、陈纲等为党员。5 月初建立了杭高支部，项秀文就是在此时由包钟锐介绍入党的。

5 月中旬一个星期天的上午，下着蒙蒙细雨，包钟锐带项秀文到省体育场的司令台下面。里面黑黢黢的，从小洞口射进来的一丝亮光，刚够看得出彼此的脸。

会议开始，老金（许良英）代表上级党组织宣布包钟锐、王维澄、张育珍、项秀文为杭高支部委员，由包钟锐任支部书记。接着，研究并确定了支部的任务：以反饥饿、反内战、反迫害为中心，同国民党反动派进行政治斗争；用各种形式教育群众团结，扩大进步力量，发展党员；

建立并巩固党的组织；等等。

支部建立以后，在上级党组织的领导下，学校中的学生运动进一步发展。在党的领导下，除“Y.F.”外围组织外，各种公开的进步社团有“哇哇歌咏队”“杭高剧团”“学生图书馆”“新路画社”等20多个，进步社团组织学生唱解放区的歌曲，开展各种活动，扩大了学生运动的影响力。

1949年5月3日清晨，杭高同学挤在杭高大礼堂门口看海报：“中共先头部队，已进驻余杭瓶窑！”

前一晚深夜，项秀文与陈环燕（“Y.F.”成员）等人用学生自治会买的收音机收到这条激动人心的消息后，马上叫醒孙霆（地下党成员，杭高支委），写成海报贴在大礼堂门口。

早上起床不久，安全会主席陆平（地下党成员）跑来找项秀文，兴冲冲地说：“听说解放军已从灵隐方向进城，同学们纷纷要求出去迎接解放军。”

“先派几个人出去看看，摸清情况再说。现在不许一个同学出校门！”项秀文说，“形势越好越要冷静，安全会各队、组成员必须坚守岗位，特别是纠察队，必须加强巡逻、戒备。”

不久，陆平回来说：“出去侦察的同学说，大福清巷还有几百名国民党部队士兵，巷口堆有沙包，架着机枪。”陆平此时才觉得不让同学出校门是对的。

早在1948年12月14日，中共中央就批转陈云起草的《关于接收沈阳经验简报》，要求各待解放城市的地下党组织，全力组织工人、学生、市民，保护工厂、学校和市政设施，协助入城部队做好接管工作。1949年1月底，中共中央上海局发出《京沪一般形势的特点及当前的基本方针和我们的具体工作》的指示，要求各地下党组织在保存国家元气，给人民留生路，反破坏、反出卖、反屠杀的基本口号下发动广大群众，进行反遣散、反迁移、反裁员、保厂、保校、保业、保命等具体斗争。

与此同时，杭高党支部也接到陈向明（中共杭州地下工作委员会书记）“建立群众性应变组织，开展护校斗争”的指示。杭高立即以学生自治会为基础建立了应变会，接着支部书记王维澄又建议把“应变会”改名为“安全会”。4 月，安全会扩大为由各班级学生代表、教职员工代表和工友代表参加的全校性护校组织，下设纠察队、消防队、救护队以及负责宣传、膳食的班子，积极开展筹粮、备油、疏井、种菜、修围墙等工作。会计裘乃勋的女儿主动从空军军官处借来中型吉普，把全校三个月的粮食全部运进校内；学生们将几口废井进行疏浚以防断水；纠察队配备军训步枪，手持木棍通宵巡逻……各进步社团的宣传活动更是热火朝天：演出《再生》（即《白毛女》），召开时事座谈会，等等。

这天中午，前进到菜市桥的 21 军 181 团得知大福清巷还有敌军，就派部队前往，敌中校副团长肖铸久率 200 多人缴械投降。

下午两点，项秀文登上全校最高的红楼之顶，俯视全校，早已森严壁垒，众志成城。城南传来隆隆炮声，那是解放军正向大桥上的敌人发起总攻，不久，就占领了南岸桥头堡。下午两点半，解放军占领国民党省政府。向西遥望，那里有座高墙壁垒的陆军监狱。在那里曾经囚禁着政治犯 1512 人，其中遇难 152 人，包括先后担任省委书记的 4 人，担任团省委负责人的 7 人。没有他们的牺牲，就没有今天的胜利。向北眺望，就是国民党唯一的雷达研究所。浙江大学地下党成员谷超豪等人做了相关工作，正在准备举行起义，同时解放军小分队正前往接管，时间是如此巧合，正是 5 月 3 日下午三点半。

静静的西子湖哟！5月3日，西子湖终于迎来了杭州解放的喜庆日子。

这一天，项秀文的心情久久难以平静。他心中一直惦记着哥哥金土，他在梦中见到久别的哥哥，梦见哥哥和自己同处庆祝杭州解放的欢乐海洋之中。

5月4日晚，南下大军和杭州大中学校师生几千人齐聚浙江大学子三广场，欢庆杭州解放，并以此纪念五四运动30周年。

“你是灯塔，照耀着黎明前的海洋。你是舵手，掌握着航行的方向。年轻的中国共产党，你就是核心，你就是方向……”

嘹亮的歌声，在西湖上空久久回荡！

第十三章
妹妹找哥泪花流

一

1949年5月3日，杭州解放，项秀文全家愈来愈思念失去联系的哥哥金土，盼望着有一天金土突然回到家里，出现在家人面前。可是，全家人望眼欲穿，年复一年，音信杳然。

哥哥金土奔赴延安参加革命以后，多年来全家人苦苦等待，多方寻找，却始终无果。春去秋来，时光飞逝，项秀文和姐姐们也从青春年华走向人生的迟暮之年。半个多世纪过去了，物是人非，斗转星移，哥哥生死未卜，一直没有可靠的寻访途径，一直没有丝毫的确切消息。

最令项秀文动容的是二姐秀华这几十年的悲惨经历，为了支撑这个家，她耗尽了青春年华；为了寻找哥哥，她付出了成倍的辛劳，直至生命弥留之际。

项秀文记得这样一句话：“生命暂短，世界博大，每一个人都是生存的见证。”姐姐秀华平凡而坎坷的一生是时代的一滴水珠。

哥哥金土奔赴延安参加革命以后，二姐成为一家之主，含辛茹苦地带着年幼的弟弟妹妹一路走过来。

家里的农活几乎都被秀华包了下来，种田插秧、采桕树籽、养猪、养鸡。她一点点地积攒下一笔资金，几年以后就把哥哥金土典卖的房子赎了回来，让全家在后项村有了立锥之地，更为重要的是把根留住了。她还要靠自己的微薄收入，养活全家，供弟弟妹妹读书。当年，妈妈吴海妹拼尽全力供养哥哥金土读书，耗尽了一生心血；哥哥金土离家后，秀华像妈妈一样拼尽全力培养弟弟项秀文，把所有的关爱都倾注在项秀文身上，她认定项秀文长大以后，也会像金土一样有出息。

在姐姐秀华的悉心呵护下，项秀文从小就自立自强，后来走上了革命道路，成为一名优秀的共产党员，最后当上了杭州市政协副主席，直至离休。

杭州解放以后，秀华以为哥哥金土能回来团聚，结果心中的热切期盼化为泡影，让她跌入无望的深渊。哥哥金土奔赴延安参加革命千真万确，可多方寻找无果。

1951 年，丈夫严金明因“历史问题”被羁押，给秀华以沉重的打击。秀华对严金明还是了解的，知道他一直为党的事业默默奉献，现在他突然被打成“反革命分子”，这让她难以置信。组织上找秀华谈话，秀华含泪和严金明离了婚，带着年幼的儿子严平平回到金华老家。半年以后，在杭州市公安局工作的严元银（曾用名严志荣）回孝顺车客探亲，知道秀华在后项村生活，就专程赶到后项村给他的哥哥严营良提亲。经过一次次的提亲说服，秀华才动了心，嫁给了严营良。

但好景不长，是非接连不断。两人结婚后，严营良遭到好事者的诬陷，认为他犯了严重的阶级立场问题。最终，组织上撤销严营良贫协主任职务。

秀华觉得自己愧对严营良，不但自己的生活没有得到改变，反倒害了严营良。虽然秀华已经怀上了孩子，肚子开始隆起来，但她还是坚持和严营良离了婚。1955 年 8 月 1 日，秀华十月怀胎终于分娩，生了个女孩，取名“碧英”。

命运之神给秀华带来一次又一次的苦难，她每时每刻都思念着哥哥，她有太多太多心里话想向哥哥金土倾诉，她想，只有哥哥会理解她。

二

1958 年，秀华登上北上的列车，去寻找失去联系的哥哥金土。

金土离开家里已经整整 20 年，却没有一点音信，这让秀华夜思日想。哥哥于 1941 年前后，给家里寄过一封信，用“雷雨”的化名，寄信的地址是河北行唐陈庄一家药店，信中要秀华帮他做一双布鞋。

都说“烽火连三月，家书抵万金”。秀华怀揣着金土写的信，走到哪里，就带到哪里，不知拿出来多少回，不知看了多少遍，信封皱巴了，信纸发黄了。看到熟悉的笔迹，秀华仿佛看到了那个还是英俊少年的哥哥金土。

当时，秀华很快就找了碎布做鞋底，一针一线地纳缝，做了一双既结实又精巧的布鞋。按照寄信的地址，用包裹寄去，但再没有接到回信，也不知道哥哥有没有收到布鞋。

好不容易盼到了中华人民共和国成立，到 20 世纪 50 年代，见到周围参军的人陆续回来了，唯独不见哥哥的身影，也不见来信，没有一点消息。秀华和秀文心中七上八下，忐忑不安，更加着急了，迫不及待地打听呀，找呀。已经在杭州参加工作的秀文无论在外地出差还是在杭州，只要见到北方人，就打听知不知道一个叫项俊文（雷雨）的八路军，并出示他一直随身携带的哥哥的照片让人家辨认。秀华更是不放过一切机会到处打听。他们已记不清打听了多少次、询问了多少人，结果所有人的回答都是“不知道”。他们也曾在报纸上登过“寻人启事”，却都石沉大海。尽管他们千方百计地寻找哥哥的下落，但始终没有任何进展。很多人对他们说，鉴于这种情况，你们的哥哥多半是不在人世了，否则早就回家了。可是他们并不甘心，一定活要见人、死要见尸。尤其秀华最为心切，无论在杭州还是在金华老家，她走到哪里就把哥哥的照片带到哪里。在家里，卧室的墙上也挂着哥哥的照片，她天天凝视，还常常在夜里做梦梦见哥哥。

多少个春夏秋冬，多少个晨星暮月，秀华思念着哥哥，哥哥出去参加革命工作，即使牺牲了也应该给家里一个交代。1958 年，她终于下定决心要去河北找哥哥，她想先找到那个寄信地址，牵出线索。她把年幼的儿子平平和女儿碧英寄养在后项村钱元寿家里。

钱元寿、潘云翠夫妻俩结婚后一直没有孩子，每次见到乖巧的碧英都要接过去抱抱。他们一家和秀华既是近邻，又是好友，平时相处得很好。知道秀华要出远门，很乐意帮助照料平平和碧英两个孩子。

钱元寿夫妻对碧英视若己出，关爱有加，把平时自己舍不得吃的东西拿给碧英，每天睡前还要给碧英几颗花生和红糖。碧英很懂事，嘴巴也甜，惹得钱元寿夫妻很是喜爱，他们总夸碧英这好那好。

秀华的第一站是石家庄，她从孝顺上车，坐的是绿皮车，到石家庄已是第二天的深夜。

妹妹秀娟和妹夫武文彬早早在火车站等候，把秀华接回石家庄家中。

姐妹俩已经多年未见，相拥而泣，有说不完的话。

秀娟当年到姑妈家做童养媳，是秀华当机立断把她接回来。秀娟被安排在贫儿院，一边读书学文化，一边工作做护士，很快就出落成亭亭玉立的大姑娘。后来，贫儿院几次搬迁，秀娟回到后项村，在铁路孝顺站旁边靠卖茶叶蛋为生。

孝顺站是浙赣铁路上的一个站，工务段经常会调来一批批的铁路工人，他们很多来自北方，到孝顺以后就扎下根来。

铁路工里有一个小伙子叫武文彬，老家在河北石家庄，那年被调到孝顺镇当工务段领工员。他租了秀华家闲置的房子，一来二往和秀华一家子混熟了，后来顺理成章地娶了秀娟，生子育女，开枝散叶。过了几年，武文彬调回石家庄铁路系统工作，秀娟也跟着来到石家庄。

秀娟永远不会忘记姐姐秀华对她的呵护。那些年，父母双亡，哥哥出去参加革命，是秀华把她和弟弟秀文一手拉扯大。如果当年姐姐不把她从姑妈家领回来，她还是那个可怜巴巴的童养媳，不知道会过一种怎样艰难困苦的生活；如果当年姐姐不把她带到身边读书、工作，她就有可能还是一个“睁眼瞎”；如果当年姐姐不为她找婆家张罗婚事，就不会有今天这个圆满的家。

项秀娟准备在家好好招待姐姐，可是秀华找哥哥心切，不顾旅途劳累，第二天就要去行唐找哥哥。

秀华说：“我就按哥哥寄信的地址，先到行唐去找。”

秀娟天未亮就起来，给姐姐烧了面条当早餐，为她准备了路上吃的馒头，一直把她送到城外。行唐是石家庄下面的一个小县，虽然离石家庄只有100多里路，但在当时交通仍然不便。秀华先搭了一段路的货车，接着又搭了马车，还要走弯弯曲曲的小路。

一路颠簸，到行唐已经天黑，秀华找了一家大车店住了下来。这家大车店位于县城边上，车来人往很热闹，一直到深夜仍嘈杂声不断。她这些天一路奔波，疲乏困顿，头一挨着枕头就迷迷糊糊地睡着了，天大亮了才被马叫声惊醒。

早上起来，秀华到大街上吃了馍馍，就沿街从东到西走了一遍，没有看到一家药店。毕竟十多年过去，时过境迁。

秀华遇到年长者便问：“你们知道抗日战争时，有个叫金土，大名叫项俊文的人吗？”那些人都是一脸茫然，摇摇头走开了。

秀华也是满脸无奈，回到大车店找店主，问：“行唐的陈庄在哪，有个陈庄药店吗？”

店主想了想，说：“行唐压根就没有陈庄。”

边上的几个人眨巴着眼睛，想了又想，说：“这方圆几十里都没有叫陈庄的地方。”

店主搜肠刮肚地想了一阵，说：“离这30多里地，那儿倒是有一个陈家庄，会不会是同一个地方？”

秀华说：“我去那儿找找。”

店主是个热心肠，知道秀华从浙江来河北找哥哥，是当年抗战子弟兵的亲属，对秀华肃然起敬。

店主喊来了一位客人，对秀华说：“这位客人要到邻县，正好路过陈家庄，他有驴车，可以让他捎你去。”

秀华坐上客人的驴车，晃晃悠悠地走了半天，中午时分来到一个集镇。她请赶车人吃了一碗面条，以表示谢意。

赶车人给秀华指路：“前面往左拐，就是陈家庄方向，还有 10 里地。我要走大路去了。”

秀华告别了赶车人，一路问着，终于在傍晚时分找到陈家庄。让秀华始料未及的是，这是一个只有几十户人家的小山村，更不用说什么药店了。

她在村口树荫下的石头上坐下来，满脸通红，气喘吁吁，她用衣服擦着脸上的大汗，眼泪像断了线的珍珠往下掉。

夕阳西下，暮色悄悄降临，大地变得苍茫，远处的树林呈现出暗淡的轮廓。她只能走路先回行唐，她拖着像被灌了铅的双腿，一步一步往前赶路。来的时候还有驴车不觉得累，回行唐有 30 多里路，只能靠双脚走，秀华回到行唐大车店时已经快天亮了。

最后，她决定去行唐县民政局问问，当她想到这主意时，眼睛为之一亮，心想也许会有意想不到的惊喜。

她七拐八弯地找到一排办公室。民政局的同志热情地接待了她，都为她找哥哥的精神感动。

民政局的同志向她介绍情况，说：“抗战时期，行唐县是晋察冀军区司令部和中央工委临时驻地，晋察冀野战军在这儿整编，这儿也是华北地区军政干部培训的地方。你哥哥完全有可能在这里工作过。”

秀华的眼睛湿润了，她有一种回家的感觉。

民政局的同志让秀华不要着急，大家一起帮她分析情况，有的说：“行唐解放前会不会有陈庄药店，后来被公私合营，改了店名？”

有的说：“你哥那时写信，是不是把地址写错了？”

秀华说：“怎么会呢？我哥哥项俊文1941年寄回家的信，地址就是行唐陈庄药店。”

接着，她又肯定地说：“千真万确，信封上就是那样写的。”

民政局的同志当即打电话，向一些老同志核实，但收到的回复都说没有陈庄药店。

民政局的同志翻阅了抗战档案，甚至连烈士名单也翻了个遍，最后还是没有结果。

秀华拖着疲倦的身子回到大车店，倒在床上失声痛哭，她彻底失望了。到民政局查找是她最后的希望，可是这最后的希望也破灭了。

秀华躺在床上，仿佛感觉楼梯上有踏步的震动，脑子里竟冒出幻想：是哥哥金土来了吗？在她的心中，金土还是那样年轻，那样英俊，穿着八路军军装，腰里系着皮带，挎着手枪，他笑得那么俊朗，嘴角微微地上扬。

她有很多问题要问哥哥：

“哥哥，你收到我给你寄的布鞋了吗？”

“哥哥，你怎么不给我回信啊？”

“哥哥，你信封上的陈庄药店究竟在哪里啊？我怎么总也找不到，你总不会写错地址吧？”

“哥哥，你都好吗？后项村的油菜花花开花落，年复一年，怎么就不见你回来？”

“哥哥，敌人早就被赶跑了，新中国成立都快10年了，你到哪儿去了呢？”

秀华知道要哥哥回答这些问题是不可能的，陈庄药店找不到，哥哥更是找不到。她的眼睛一热，泪水又夺眶而出。

三

秀华在行唐住了十几天，没有找到陈庄药店，只好回到妹妹秀娟在石家庄的家里。

秀娟的丈夫武文彬在铁路上工作，他也托人去找信上的陈庄药店，仍然毫无结果。

秀华实在太累了，就在秀娟家里住了下来，姐妹俩难得相聚——要不是为了找哥哥，秀华还不会到石家庄。秀华帮着秀娟照顾孩子们，一晃过了几个月。如果不是儿子寄了信催她，她还真不想回家了。

儿子平平的信，字写得歪歪扭扭，信中写道：“妈妈呀，快回家呀！妹妹已经瘦得皮包骨了呀！我和妹妹都想妈妈了呀！”

秀华看到儿子的信心如刀绞，眼泪哗哗地往下流。她决定立即动身回孝顺。虽然妹妹家生活安逸，但住在这里总不是长久之计，家里的两个孩子让她牵肠挂肚。

秀华回到家，儿子平平扑上来抱住妈妈。钱元寿夫妻也把碧英抱回来，一家人又团聚了。

接下来几年，秀华带着平平和碧英两个孩子，勉强维持生活。要养两个未成年的子女，艰辛可想而知。

1971 年夏天，秀华因为劳累过度，胆囊炎发作。平平、碧英抬着妈妈到金华县人民医院抢救。

在杭州工作的秀文闻讯后赶到金华，看到消瘦的二姐，心疼得直掉泪。当时秀华已经七天七夜没有进食，拉出来全是柏油一样的血块，她看到弟弟回来很高兴，第一次尝了一片西瓜。她的心情好了起来，加上治疗得当，病情好转了。

党的十一届三中全会的春风吹拂着祖国大地，给秀华一家带来了新的转机。严金明得到平反，可到民政局领工资了。1985 年，秀华也回到杭州，经黄乃耐的外孙女汪善芝介绍，去省政府幼儿园当保育员。

许为通离开浙江省立贫儿院后，一直在杭州的中小学、师范、艺专从事音乐教学，成为中国音乐家协会会员。他看到昔日的老朋友严金明和秀华都回到杭州，就撮合这对历经艰难坎坷的老夫妻复婚。当时，秀华和严金明都想就这样一个人过下去，许为通就做严金明工作，要他多主动些。碧英也很通情达理，她想两个人都已经老了，大家生活都还不富裕，严金明有退休金，妈妈经济上也有了保障，两个人在一起毕竟有照应。因此，碧英就做妈妈的思想工作。这样，秀华和严金明破镜重圆，开始了新的生活。

之后的十多年，是秀华一生中最幸福的日子，她在省政府幼儿园当保育员，还被评为西湖区卫生局幼托先进工作者，她把奖状当作最珍贵的荣耀，挂在堂屋哥哥金土的照片边。退休以后，秀华尽心抚育两个孙女上了大学。

秀华把根据前涉的小说《桐柏英雄》改编的电影《小花》的插曲《妹妹找哥泪花流》的歌词抄在笔记本里，一遍遍深情歌唱，一次次泪流满面。

妹妹找哥泪花流

不见哥哥心忧愁
心忧愁
望穿双眼盼亲人
花开花落几春秋
啊
花开花落几春秋
……

每当听到这首歌动人的旋律，她就会想到和哥哥在一起的苦难的童年时光，想起哥哥参加革命离家出走的情景。不一样的是，电影中的主人公是被抓壮丁离家，而秀华的哥哥是主动离家奔赴延安；不一样的是，电影中兄妹在战场上相逢，揭开身世真相，而秀华的哥哥却一直没有音信，成为萦绕她心头几十年的不解之谜。

秀华日思夜想，望穿秋水，盼着有一天哥哥突然出现在亲人眼前，盼着有一天他们全家人像电影《小花》一样，亲人重逢。秀华的脑海里浮想联翩，回想自己的一生，不禁悲从中来，以泪洗面，但她仍然梦想着在有生之年找到哥哥，她等待着有一天奇迹降临。

1996年，秀华一直没有得到根治的慢性胆囊炎复发，她被紧急送往杭州市第一人民医院治疗，发现已是胆囊癌晚期。医生说："最多能活三四个月。"

弟弟秀文和其他人没有把病情如实告诉秀华，只是每天去看她一面。一天，秀华紧握着弟弟秀文的手说："顺金，我又梦见哥哥了。梦到我们在义乌倍磊埠头小学的时光，在哥哥身边多幸福！……我还梦见哥哥穿着竹布长衫往北走，我大声喊，哥哥，哥哥。他好像一点也没有听到，头也没有回，朝前走去，走去……”

医院不能长住，只得叫平平接秀华回老家养病。在后项村，秀华还常说：“我的病会好的，好了，就回杭州，碧英、莲娣会来看我的。”果然，碧英和莲娣又赶回金华去看她，为她清理床铺、擦洗身体，给她最后的温暖。

无情的病魔终于使秀华感觉自己将不久于人世……她反复环顾这几十年来赖以避风躲雨的老屋，最后凝视挂在堂屋里的她最心爱的几件东西：哥哥的照片、西湖区卫生局 1987 年 1 月发给她的奖状、两个孙女的照片。两个孙女一个毕业于北京医科大学（后更名为北京大学医学部），正在读硕士研究生；一个刚考取武汉冶金科技大学（后更名为武汉科技大学）。在温馨的回忆中，秀华渐渐合上眼睛，永远休息了！

项秀文写好挽联匆匆赶到金华老家送别姐姐，捧着姐姐的骨灰跨出家门，沿着自幼熟悉的小路，到村东小溪，跨过石桥，穿过田畈，上了村北黄泥岗。秋风瑟瑟，荒草萋萋，纸灰飞扬，紧紧靠着父母的墓，秀华终于安息了。

黄泥岗上，秀文别了二姐的新坟、父母的旧墓，回到屋里，人去楼空。

在空空的屋里，秀文恍惚间做了一个好梦，妈妈、哥哥、姐姐都在屋里。清晨，东方已白，太阳还没有上山，姐姐领着他来到村东河边。姐姐以清清的河水为镜梳妆，然后姐弟俩抬一桶水回家。乌桕、新禾、蓝天、白云、小屋、垂柳……都倒映在澄碧的小河中。姐姐总是把水桶拉往自己那边。她怕弟弟抬不动。家家升起袅袅炊烟，他还在外面玩，妈妈站在门口高声喊着他回家吃饭。他还梦见许为通老师在教他唱第一首歌《流水》：

门前一道清流，
夹岸两行垂柳，
风景年年依旧。
只有那流水，
总是一去不回头，
流水哟！
请你莫把光阴带走！
……

梦醒了。

秀文睁开眼，依然是空荡荡的老屋。这被灶烟熏黑的老屋记下了漫长的似水年华。金土哥哥，你是首先离开这老屋的，在那烽火连天的岁月里，你一去不复返。

神州陆沉，慷慨从戎，弃家义无反顾。六十春秋似水流，毕竟雨打风吹去。哭望天涯，行行血泪，骨暴砂砾何处？赤子情怀向谁诉？夜夜梦断黄泉路。

秀华姐姐，你是守着这老屋最后离开的那个人。

八年离乱，辗转沟壑，疫疠冻饿几度？七十年华少宁日，疾雨腥风坎坷路。三赴黄泉，曳尾泥涂，余生志向何处？但愿儿辈承兄志，开拓孙辈幸福路。

天地悠悠，人生短暂，秀文向空荡荡的老屋投去最后一瞥。

四

1997年7月1日，香港回归，举国同庆。

秀文的心情久久不能平静，他这辈子最大的心愿就是寻找失去联系的哥哥，这成为他心中永远的痛，挥之不去，如影随形。

如今，50多年过去了，哥哥仍然杳无音信，可是亲人们却一个一个地走了，兄弟姐妹五人，只留下他一个人。

秀文睹物思人，触景生情，黯然泪下，提笔写了《一封写给哥哥的信》。他在信中写道：

亲爱的哥哥：

在这火树银花，喜庆香港回归、洗刷百年国耻之时，夜不成眠，我又找出这张发黄了的照片和信，我们又在一起了。除了这照片和信，你在世上没有留下别的东西，你是属于“最不著名的人”。可是，你是我最亲的亲人，唯我最知道你的身世、希望和痛苦。你也是最愿倾听我倾诉一切的人。

……

现在，这个世上，我们苦难的一家只留下我一个人了！夜深人静回顾一生，唯一可向你告慰的，就是始终没有忘记你信中对自己要求，也希望弟弟做到的那句话：“不到这世界上来空跑一趟。”为此，我打算剪辑我在报刊上登过，能反映我一生经历的一些文章，题名为《似水年华》，以告慰你在天之灵。

夜已深，窗外洗雪国耻的礼花冲天怒放，在雄壮的国歌声中，鲜红的国旗，在曾经屈辱的国土上冉冉升起，那红旗上也有你的一滴血。哥哥，我是多么希望你能睁眼看一下这激动人心的一刻，哪怕一分钟也好！

弟：顺金谨上

1997 年 7 月 1 日凌晨

第十四章
半个多世纪的寻访

一

这是跨越半个多世纪的寻访，这是迟到近 60 年的非同寻常的纪念。

早在 1986 年 7 月 21 日至 27 日，全国城市志编纂工作研讨会在辽宁鞍山胜利宾馆召开。项秀文是杭州市政协副主席兼市地方志领导小组组长，作为杭州的代表出席了这次会议。他想在会议上找找河北的同志，也许能得到哥哥金士的线索。

项秀文根据会议工作手册，利用晚上休息时间，敲开了河北代表高永祯的房门。

高永祯时任石家庄市地名办公室、地方志办公室主任。

项秀文把哥哥金土的情况向高永祯作了介绍，说："哥哥叫项俊文，小名金土，1938 年到延安抗大参加抗日。我们于 1941 年左右接到他最后一封信，此后失去联系，已经寻找几十年，他音信皆无，生死未卜。现在唯一的线索是哥哥发信的行唐陈庄一心堂药店。署名是'雷雨'。"

高永祯听了他的诉说后，既感动，又同情，对项秀文要求协助调查他哥哥项俊文下落的请求，当即表示："一定尽心尽力帮助调查，请你放心。"

为了便于工作，高永祯请求项秀文写封要求协助调查的信。第二天项秀文就写了"请求调查项俊文（雷雨）的情况"，把信交给高永祯。

高永祯对项秀文的哥哥投奔延安参加抗日一事，深感敬佩，深受感动；对他姐弟自幼失去亲人，深表同情，恻隐之心油然而生。高永祯当时考虑，此事虽属个人帮忙，即使自己本职工作任务繁重，难以脱身，但事关革命前辈，一定要尽心竭力。

高永祯出身于山西大同一个铁路员工家庭。1937 年八九月间，侵华日军对大同狂轰滥炸。9 月，高永祯和姐姐随父母行至太原，路上多次受到日军袭扰。高永祯一家原想去汉口，但觉得这亦非长久之计，因此转道回原籍河北新河城照村。但这里也不平静，到处都是弥漫着硝烟的战场。

1942 年 4 月 29 日，敌人对村里开展"大扫荡"，驻扎在村里的八路军被打散了。那时，高永祯刚上小学，他亲眼看到有两位伤员被抬到学校，脸色苍白，流血不止，有几个人准备给伤员包扎伤口，却没有纱布，高永祯和同学们就拿出方格纸当纱布。因为流血过多，不久后伤员就牺牲了。村民们用席片裹了英雄，把他们埋葬在村后的山岗上，至今连姓名都不知道。这是高永祯第一次面对死亡，在他幼小的心灵里留下了不可磨灭的记忆。

高永祯的父亲在村小学里当教员，但小学常常处于停办状态，敌人三天两头开展“扫荡”，村里鸡犬不宁，险象环生。

1945 年，才 44 岁的父亲英年早逝，留下孤儿寡母，那年高永祯 10 岁，姐姐 15 岁，弟弟才 4 岁。母亲虽然不识字，但是通情达理，耗费心血培养子女，让几个孩子都上学。中华人民共和国成立后，只有高小学历的高永祯参加工作，他勤奋好学，上干部业余文化学校，又考入中国人民大学工业经济专科，成为中国人民大学的首届函授学生。后来，他先后在河北省商业厅（后更名为河北省商务厅）、市委监委会、市卫生局、市政府办公厅等多个部门工作。1981 年，他担任了石家庄市地名办公室、地方志办公室主任，直至退休。

高永祯心里清楚，要完成寻找项俊文的任务并不是一件容易的事。项秀文和他姐姐已经寻找了几十年，音信全无。当时项秀文找到自己帮忙并未抱多大希望。项秀文和他姐姐几十年来，耗尽心血，没找到任何线索，他们的哥哥究竟在哪里，始终是个谜团，无法解开。那么自己和项秀文相隔数千里，非亲非故，素不相识，对项俊文更是一无所知，岂不更难解开这个谜团？承担这个任务岂不是自不量力？高永祯想，项俊文是因为抗日救国和家人失去联系的，应该受到我们的尊敬，即便已经为国捐躯，也应该让他魂归故里，这是人之常情。因此，既然已经受人之托，就应该想方设法去完成这一请求。让高永祯难以预料的是，这一查竟查了 15 年之久，他才找到项俊文的下落，并证实项俊文就是雷烨烈士，解开了这个鲜为人知的谜团。

二

高永祯回到石家庄后，首先对项秀文介绍的情况作了全面分析，从他们已经查寻几十年没有结果来看，一定是难度很大，不是轻而易举就能办成的事，很可能要付出巨大精力。而且要寻访的人大都年事已高，在世的人越来越少，因此事情不能拖延，越拖难度越大，必须争分夺秒，进行抢救性调查。

1986 年 8 月 8 日，高永祯首先从调查行唐县陈庄一心堂药店入手，这是项秀文给他提供的唯一线索。他逐一查阅了手头保存的行唐县各种比例的地名图、县地图和地名资料汇编、地名录等，都没有查到“陈庄”这个村名。随后他逐一走访了在石家庄的几十位行唐籍老干部，通过他们逐渐扩大线索范围。8 月 11 日和 16 日，他向行唐周边的灵寿、正定等县地名、地方志、党史办公室发出函调信，请他们协助调查。为谨慎起见，他又到行唐县走访了行唐籍老干部。他们都说从未听说过行唐县有“陈庄”这个村名，也未听说过“一心堂”这个药店。

不久，有人提示高永祯：会不会是行唐邻县灵寿县陈庄呢？高永祯也知道灵寿县西北部山区陈庄这个历史名镇，不仅在历史上是这一带有名的货物集散地，还是好多党政军机关驻地，而且贺龙将军还在这里指挥过著名的陈庄战斗。项俊文那封信极有可能发自这个陈庄，可是为什么他写的是行唐陈庄而不写灵寿陈庄呢？带着这个疑惑，高永祯继续走访行唐籍老干部。当走访到石家庄地区林业局原局长甄佩才时，终于解开了这个谜。甄佩才说，那时的邮区通信线路不完全按行政区划划分，是按就近快捷原则划分的，在抗日根据地设有地下交通站，通信线路更是打破了原行政区划界限，于是灵寿县陈庄的通邮就写成了行唐陈庄。

高永祯想到自己的家乡当年也是这样。1998年版《行唐县志》中载“民国十五年（1926年）全县有旱路邮路两条，一是长寿（属新乐县）至行唐，另一条是行唐至陈庄（属灵寿县）”，证实了上述说法。

接着，高永祯把调查目标转移到灵寿县陈庄。他的老同事中有多位是灵寿人，其中就有陈庄人。高永祯先通过他们了解线索，很快就有人提供了与陈庄有关的人员的住址和电话号码。经过梳理，大体有三部分：一是在石家庄工作的；二是仍在灵寿的；三是在其他地区（北京、山西、安徽等地）工作的。其中有当年的灵寿县县长、陈庄区委书记和区长、陈庄村长、抗大二分校校长和总务处长等。

1986年8月17日下午三点半，灵寿县在石家庄召开灵寿籍老干部座谈会。

这是一个难得的机会，高永祯立即通过招待处处长王素玲与会议主持人取得联系，让他把事先打印好的项俊文（雷雨）简介和自己的联系方式发给200多名与会人员。高永祯在会场门口站了3个小时，等会议结束才进去作了简要介绍。大家边听边看简介，都说想不起项俊文（雷雨）这个人，回去再想想，如有新情况与他联系。

会议结束后，高永祯又给在其他地区工作的灵寿籍老同志发函调信。函调信不宜长篇大论，要简明扼要，不超过一张信纸。高永祯照此原则，写了三四个晚上，为让他们看得清楚，特用毛笔工整地书写，写完后发了出去。高永祯期待着回音，遗憾的是几乎没收到过回信。也许项俊文只是从陈庄发过信，或者只是去过陈庄，并未在陈庄工作过，所以这些人都不知情。

8月16日，高永祯曾经给陈庄周志杰发去一信，说明要寻找的项俊文（雷雨）的情况，同时注明他的弟弟项秀文现在杭州市政协工作，有什么事也可直接和项秀文联系。高永祯了解到周志杰的弟弟周志俊（已去世）在陈庄开过药铺。周志俊的儿子周仲德后来给项秀文写信说，据其母回忆，当年有个姓雷的南方人来过，后不知去向。这是所有函调信发出后唯一的回信。

接下来，高永祯继续走访灵寿籍和曾在这一带工作过的老干部。由于不知道项俊文在哪个部门或行业工作，也几乎没有一点可供寻找的线索，范围太广，漫无边际，凡是那个时期在那个地区工作过的干部，无论军队的、党政部门的、文化部门的、贸易部门的，高永祯都去走访，结果都说不知道项俊文（雷雨）这个人。

高永祯在走访中联想到：项俊文从药店发信，莫非他在贸易部门工作？于是特意走访了石家庄市石油公司原经理张吾建。张吾建不仅原籍灵寿，而且曾在晋察冀边区贸易系统工作，对当年晋察冀贸易系统的人比较熟悉。高永祯请他回忆一下有没有项俊文（雷雨）这个人，他回忆了很长时间，说没听说过此人。

高永祯又想到，项俊文曾在延安抗大学习，是否与驻陈庄的抗大二分校有关系？为此他又到图书馆查阅抗大二分校史料，得知抗大二分校是 1939 年 2 月移驻灵寿县陈庄的。项俊文会不会是随抗大二分校来到陈庄的呢？这就要找抗大二分校的人来了解。高永祯打听了好多人皆无果，后来突然想起在石家庄市财贸工作委员会工作时的老同事王长兴，记得他好像在抗大二分校学习过，当时的校长是孙毅，人称“孙大胡子”。高永祯立即去拜访他，王长兴回忆说，他是在那里学习过，不过几千名学员分散在几十个村子，并不都认识，对项俊文（雷雨）没印象，是不是二分校的，他不能确定。

高永祯经过多方走访，在灵寿县朱食村找到了原抗大二分校总务处长冯延庆。冯延庆回忆，他原是延安抗大二大队的，后随抗大二分校来到陈庄，由于是搞总务的，对学员的名字都有点印象，但对“项俊文”“雷雨”这两个名字没有一点印象。

至此，“项俊文是否属于抗大二分校”的推测，基本上又被排除了。

高永祯在走访中获悉，河北省地名办公室一位同志的姑父王荣是陈庄人，而且担任过党支部书记，石家庄市政府也有位同志是陈庄人，就向他们打听是否知道项俊文（雷雨），结果他们也都不知道。

为彻底查清陈庄情况，高永祯曾两次到灵寿县实地调查。1989 年 6 月 21 日，高永祯带着石家庄市地名办公室、地方志办公室的介绍信去灵寿县，邀请县地名办公室、地方志办公室、党史办公室、公安局等有关部门老同志进行了座谈，只有县地方志办公室的刘国平说，听说过“雷雨”之名，但不知其他更详细的情况。

灵寿县委统战部原部长林振华回忆，1949 年他任陈庄完小校长，曾到陈庄村东北散步，见过一个墓碑上写着死者是政治部长或处长，是南方某省某县人，抗战初期从敌占区绕道延安来到陈庄。旁边参加座谈的一位老人说，这个人死在陈庄东街某家。领导对这个人极为重视，说吃多少药、花多少钱都在所不惜，人一定要抢救过来，结果还是死了，死后葬此立碑。墓碑高五六尺，白色大理石材质，圆顶无帽，有碑座。高永祯就想，会不会是项俊文？他一定要去现场一探究竟，一位老公安局局长（当时任灵寿县政协副主席）自告奋勇，愿意陪着一起去陈庄调查。

陈庄在灵寿县西北部山区，距县城 50 多公里。他们沿着坡一路上行，行驶近 2 小时赶到陈庄开展调查。这位老公安局局长立即找来陈庄公安员引路，找到开过药店的周志俊的妻子（神志已糊涂）、周志杰（已去世）的妻子邸华先、周志俊的儿子周仲德、周志俊的女婿马三和原抗大二分校校长孙毅将军的房东等人，分别和他们进行交谈，向他们介绍了询问的事项，又到墓地查看了碑文。

从与上述人员的交谈中得知：陈庄当年有益心堂、益寿堂、仁术堂、双义堂、玉德堂等数家中药铺。其中益心堂名义上是世代祖传中医周志俊开设的中药铺兼行医，实际医药业务隶属晋察冀边区贸易局灵寿县社中药股领导，是以药店为掩护的中共地下交通站。交通站的任务是负责邮务传递和接送我方来往人员，我方机关单位和个人的邮件都是从这里寄发。周仲德和马三都说其母清醒时回忆，那时确有一个姓雷的南方人，个子不高，头戴毡帽，腿肿有疾，来过药铺几次，来时有人送，走时有人接，像个当官的，不久随军走了，不知去向。

关于墓碑，在墓地看到的情况是：现存只剩 7 座墓，其中 4 座有墓碑。从碑文看，一是王吉贵，陕西长安人，亡年 19 岁，民国三十年（1941 年）立碑；二是罗云超，四川通江人，亡年 34 岁，民国三十七年（1948 年）十一月五日立碑；三是张志坚，营长，陕西临潼人，民国二十七年（1938 年）十一月七日立碑；四是孙广才，炊事长，民国二十七年（1938 年）立碑。这 4 人都与项俊文不沾边，又无其他疑点，只能放弃了原来"项俊文会不会牺牲于此"的推测，不再往这方面考虑。那么，项俊文是否在陈庄药店发过家信？这一点和寻找项俊文下落又有什么关系？

高永祯客观地分析认为，那个姓雷的南方人，很可能就是化名雷雨的项俊文，那封家信很可能就是从益心堂药铺发出的。这是他费时三载，到处奔走，采访 300 多人，唯一的收获。之所以如此推论，根据是：姓雷，南方人，个子不高，腿肿，有点像是项俊文。当时生活艰苦，营养不良，易发腿脚浮肿症，周志俊是医生，顺便请他调治一下，也有可能。

至于益心堂和一心堂有一字之差，音同字不同，并不重要，因为项秀文对店名记忆不清，并未肯定“一心堂”之名，可能有误。综合分析，项俊文应该是在陈庄益心堂药铺发的那封家信，况且这个药店是地下交通站，他从这里寄发，是合乎情理的。尽管他来去匆匆，不知去向，但是可以说明他确曾在这一带活动过。这个线索，对寻找项俊文的下落至关重要，没有这个线索，后续的一切进展都不会发生。

1989 年，石家庄市政协主席王纲了解到高永祯在调查项俊文的下落，就派了秘书长孙铭杰、李兵一起协助调查。他们又列出要走访的线索，一个个地走访、调查，但都没有查访到有价值的线索。

1989 年 6 月 24 日，根据王纲的意见，高永祯向项秀文写了复信，通报了 3 年来查找项俊文的情况。很快就收到了项秀文的回信，信上说：“虽然没有找到哥哥的下落，但也已经找了 3 年，找了 300 多人，我们一家人无以回报，你（高永祯）和我们家非亲非故，不知怎么感谢你，不要再费时间和精力找了。”

三

给项秀文的复信发走了，高永祯却依然心情沉重。虽然费劲不小，但结果是未能完成项秀文的委托，没有找到他哥哥的下落，他深感遗憾，一是愧对革命前辈，二是对不起项秀文的深情委托。他总觉得内心不安，不忍心也不甘心就此结束。如果就此结束，就意味着项俊文可能要永远流落异乡，不能魂归故里；项秀文和三个姐姐一个个带着不知道哥哥下落的遗憾，离开人世，那该是多么悲惨！

因此，高永祯暗自下定决心，还要继续查下去，只要有一线希望绝不放弃。

1989 年 7 月，高永祯开始了新一轮的调查，采取了拉网式搜查，从浩如烟海的图书、报刊、档案资料中寻找线索。凡是地方志书中的军事志、人物志、大事记，地名志中的革命人物、革命故事，各类革命史料专著，各类报纸、刊物刊载的革命回忆录、革命事件、专题文章、党史资料、党史人物、军事专著、战斗故事等，高永祯都逐一查阅。此类报刊、图书，资料室有很多，他基本上是上班准备好下班看，凡需看的部分，都逐字阅读，不敢马虎，因为要寻找的蛛丝马迹，往往就存在于字里行间，稍有疏忽就可能漏掉。虽然细看也不一定能找到，但这是他坚持的原则。

1994 年，高永祯退居二线，时间相对宽裕了。他开始到省、市、地档案馆和图书馆查阅。尽管年复一年，没有一点收获，但他仍在坚持，等待着有收获的那一天的到来。

1996 年，高永祯正式退休，时间更充足了，他将除受聘编写《河北省志·地名志》外的所有精力都投入查阅资料上。1997 年，虽然受聘编写《石家庄市土地志》增加了新任务，但同时也为高永祯查找项俊文的资料提供了方便，他可以持介绍信到任何图书馆、档案馆等单位查阅资料。在土地局的办公室里堆放着一大堆历年的旧报纸，高永祯每天午休时间就逐张翻阅。多年来，他不知查阅了多少书、刊、报，仍然没一点收获，但他并未灰心丧气，坚持继续查阅资料，期待从浩如烟海的书、刊、报等资料中发现蛛丝马迹。

2001 年 8 月 8 日中午，高永祯在土地局的那堆旧报纸中，无意翻出了一张 1999 年 10 月 9 日的《燕赵晚报》，上面登载了署名“时光”的一篇文章，引起他极大的兴趣。这篇文章回忆的是原晋察冀画报社社长、著名摄影家沙飞，不知为什么第二部分却笔锋一转，写了雷烨的生平业绩。文章说：

> 时至今日，沙飞的遗骨已很难找到了。不过，在华北烈士陵园①的西北角，却安眠着晋察冀另一位著名的战地摄影工作者雷烨。
>
> 由于个人资料的散佚，雷烨的出生年月和准确籍贯无从知晓了，只是根据某些文字推知他出生于1916年，浙江人。1937年进入延安抗日军政大学学习，第二年秋，他作为八路军前线记者团的记者，被派往晋察冀工作。
>
> 1941年、1942年间，雷烨担任冀东军分区组织与宣传科科长一职，在伪满“边境”、滦河两岸及塞外山林中进行了深入的战地摄影采访，相继完成了《日寇烧杀潘家峪》(1941)、《行进在祖国边陲》(1941)、《塞外露营》(1942)等著名组照，其中许多帧照片，是后来真实再现我军抗日历史的必选之作。
>
> 在我军500余名战地摄影记者中，雷烨最富勇猛深沉、疾恶如仇的军人气质。
>
> 1943年初，雷烨作为冀东人民的一名代表，来北岳区参加晋察冀边区首届参议会。会间，他将随身携带的摄影作品交于沙飞，沙飞看后，内心一惊：如此激动人心的作品真属少见。另一位当事人罗光达（北京电影学院原副院长）后来回忆说：“当时，沙飞和我如获至宝，异常兴奋。”沙飞决定由晋察冀画

① 雷烨遗骸1957年迁入冀东烈士陵园（位于唐山），1959年春迁入华北军区烈士陵园（位于石家庄，简称“华北烈士陵园”）。

报社出版“雷烨摄影专号”，并邀请雷烨撰写图片说明和相关文章。这样，雷烨在4月来到平山县曹家庄进行写作。20日清晨，雷烨正在农家小院中散步，突然，村外响起枪声，并且很快就传来了马蹄声和吆喝声。因雷烨和警卫员两人都是初来乍到，不熟悉地形，他们在山下转了一圈与日军正面遭遇。日军见雷烨身背照相机、手持短枪，知道他是一位“军官”，便全部过来围住了雷烨。雷烨在一山石后与敌互射，当他肩部中弹，知道枪膛只有一粒子弹时，便从岩石后站起来，从容地将照相机、自来水笔在石头上摔碎，并将枪口抵在了自己的胸膛……

高永祯看了这篇文章，忽然眼睛一亮，立刻想到：雷烨和雷雨一字之差，都是浙江人，都是全面抗战初期进入延安抗大学习，年龄也很接近，会不会是同一个人？他顿时有一种“山重水复疑无路，柳暗花明又一村”的感觉。当初预料只要坚持不懈地查，说不定在什么时候、什么地方就会有新的发现，终于等来了这一天！十几年的无效调查，终于开始见效了，很可能要有重大突破，高永祯按捺不住内心的激动。

第二天，晴空万里，烈日当头，天气特别炎热，心急如焚的高永祯午饭后立刻蹬车冒着酷暑前往十几里外的华北烈士陵园去找雷烨墓。陵园西北部有300多座烈士墓，都是较低的卧式墓碑，他不知雷烨墓的位置，只能弯着腰逐次查找。找了一两个小时后，高永祯终于找到了雷烨烈士墓，碑文写着：

雷烨同志，八路军总政治部前线记者，青年诗人，浙江省人，一九三八年秋到晋察冀边区任前线记者团记者，一九四三

年反“扫荡”战斗中牺牲于平山地区，年方二十六岁。

高永祯太激动了，他决定去设在陵园的河北省民政厅史料室再查一下，但考虑到自己大汗淋漓，觉得带着一身汗水进去不礼貌，于是在树荫下晾干了汗水，才走进史料室。

工作人员很热情地接待了他，但最后只找出一张《华北英烈》小报给了他，上面有雷烨生平业绩和诗文，比时光那篇文章更详细一些。高永祯愈发觉得雷烨像是项俊文，当然，也还不能肯定。但这是一个突破口，而且调查范围可锁定在晋察冀边区，重点放在冀东军分区，调查目标和方向也比较明确了，可从战地记者和宣传组织工作者中去找线索。高永祯想，调查工作终于不再漫无边际、毫无目标了。他也清楚，知情者均已年老体衰，还在世的人很少，必须赶紧调查。于是他决定集中时间、集中精力，突击调查雷烨是不是项俊文。

这时，高永祯已有 12 年没和项秀文联系了。

2001 年 8 月 15 日，高永祯通过杭州查号台查询，拨通了杭州市政协办公厅的电话，接电话的是陈真，她很热情地告知项秀文已经离休，并告诉了他项秀文的住址和联系电话。

第二天，高永祯接到项秀文回电。高永祯在电话里告诉项秀文：1989 年 6 月给他复信后，自己还一直在调查他哥哥的下落，最近发现一位名为雷烨的烈士有点像他哥哥，并把在陵园查到的雷烨生平业绩告诉他。

项秀文听后，既惊喜又激动地说：“非常感谢，你介绍的雷烨的情况太像我哥哥了……”

高永祯说：“这是一件非常严肃的事，不能激动，更不能感情用事，况且现在还不能肯定，只是发现了一个重要线索，需要立即集中时间、集中精力突击调查，若有进展，我会随时联系你。”

此后，高永祯随时把调查情况用电话或信件告诉项秀文，三天一次，两天一次，甚至一天一次。

8 月 16 日下午，高永祯把碑文抄录了一份，并写一信一并寄给项秀文；8 月 17 日，又复印《华北英烈》寄去。虽然调查范围大大缩小了，但晋察冀、冀东地区仍然很大，找谁调查？知情人在哪里？当时并不清楚，亦无线索，所以突击调查并非轻而易举，一开始很不顺利。高永祯两次顺藤摸瓜都没成功。

一开始，高永祯想找在《燕赵晚报》上发表那篇文章的作者时光进一步了解，但多次到燕赵晚报社和石家庄市政协文史委员会查询，始终没有找到时光。

高永祯又想通过在《华北英烈》上介绍雷烨生平的宋桐欣作进一步了解。然而，陵园的同志说此人已不在陵园，早就去北京了，地址不详，无法寻找。

虽然当时的两位知情人均未找到，但高永祯并没有停下脚步，仍然马不停蹄继续查找，天天查资料，找线索。一个月的时间，他先后走访了河北省文化厅、河北省新闻出版局、河北省档案馆、河北省图书馆、河北省军区、河北日报社、河北工人报社、石家庄日报社、燕赵晚报社、石家庄市政协文史委等 10 多个单位 50 多人，查阅各种图书、报刊等资料 30 余种，抄录复制雷烨遗作、传略、生平、业绩和悼文等资料 20 余份。

高永祯找到在石家庄市委监委工作时的老同事张殿荣，张殿荣曾在冀东军分区部队工作，但和雷烨不是同一时期，不认识雷烨。不过，张殿荣提到了河北省军区原司令员张振川，张振川是冀东军分区的老人，可以找他了解情况，即使他不知道雷烨，或许也能提供线索。高永祯通过走访了解到，河北工人报记者袁燚知道张振川的住址和联系电话。

高永祯立即找到袁燚，向她介绍了寻找项俊文及发现雷烨的来龙去脉，问她能否通过报纸协助调查。袁燚非常热情，当即向高永祯提供了张振川的住址和联系电话，并表现出记者特有的敏感，将这一题材列入特稿部选题组稿刊发，报道寻找项俊文（雷烨）的消息，发挥了媒体特有的作用。此后，她连续 5 天发表 5 篇消息，引起社会强烈反响。

高永祯又通过河北日报社原社长林放了解到，该报社已离休的摄影记者宋克章曾在冀中军分区搞过摄影。高永祯立即上门拜访宋克章，终于有了比较翔实的线索。宋克章说，他原是冀中九分区宣传科宣传员、摄影科学员，他认识雷烨，雷烨是南方口音，曾到冀中采访。天津人民美术出版社出版的《世纪回顾——珍贵摄影作品鉴赏》中刊载了雷烨在冀东拍摄的《塞外篝火》，原晋察冀画报社的人都知道他，这些人中仍在世的有北京的纪志诚、裴植、冀连波等，他们都可通过摄影家协会找到，还有山西人民出版社的顾棣。高永祯几经辗转和顾棣取得联系，顾棣又为他介绍了几位知情人。

四

这时，高永祯和陵园史料室的同志也很熟了。应他们要求，他给史料室撰写了关于石家庄第一位女共产党员的文章——《朱琏生平业绩》，并将自己查到的雷烨的资料抄了一份给他们。此后，高永祯与他们的配合相当默契。

2001 年 8 月 24 日，高永祯查阅了雷烨档案，果然又有重大发现：《晋察冀画报》第三期所载李楚离悼文《悼雷烨同志》中附有雷烨头像（后查明系从与田华合影中剪取）。

档案里还有魏巍 1978 年 6 月 18 日的来信，并附《雷烨同志传略》。

石家庄烈士陵园负责同志：

为缅怀为革命牺牲的同志，我曾去过贵处几次。每到雷烨同志墓前，看到烈士的碑上未刻有碑文，不知你们是否缺乏烈士的生平材料，因此将新华社当时播发的《雷烨同志传略》给贵处寄去。

听说雷烨同志牺牲时沉着感人。当他与敌人遭遇后，英勇抗击，最后为保持革命气节自尽身死。牺牲前他砸碎了自己的武器——照相机，不给敌人留下一点东西。很是英勇悲壮。这一细节补充给你们以作参考。

此致

敬礼

魏巍

1978 年 6 月 18 日

魏巍为什么如此关心雷烨？他们是什么关系？原来，他们都是抗大毕业的；都是八路军总政治部前线记者团记者；都是从延安来到晋察冀的；都是战地记者，又都在部队任职；都擅长文学，又同是诗人。

魏巍是 115 师干部学校的学员，后来 115 师干部学校并入八路军司令部的随营学校。紧接着，随营学校并入延安抗日军政大学，魏巍成为抗大第三期学员。1938年底，魏巍和孙朴金、徐逸人被编入八路军总政治部前线记者团第一组，由一位赶驴大哥护送从延安到晋察冀，比雷烨到晋察冀迟了一个月。

魏巍在《生活的恩惠——写作与采访生活漫忆》一文中，回忆了这段难忘的经历。

> 一九三八年，也就是我十八岁的那年，我正在延安抗日军政大学学习。那时候，由于我喜欢文学，就经常给墙报上写写稿子。同时，我还是老一辈诗人柯仲平同志那个“战歌社”的一员，这样就同几个同学一起办了个《战歌》墙报。也许正是因为这些活动的关系，受到了学校的注意，所以在毕业时，就由总政分配我做了“八路军总政治部战地通讯记者团”的记者。这个记者团分了四个组，八路军的一一五师、一二〇师、一二九师和晋察冀军区各派去了一个。我是被派往晋察冀去的。我们那个组的组长叫雷烨，这是一位很优秀的同志。他比我们大几岁，也比我们成熟得多。他到冀东地区去了不久，就先后担任了宣传科长和组织科长，写了不少反映冀东斗争的文章，一九四〇年被选为晋察冀边区的参议员，可惜不久就在反“扫荡”中光荣牺牲了。他牺牲得很壮烈，是在被敌包围中，将自己的照相机砸碎，胶片烧掉，然后拔枪自尽的。我记得他牺牲后，邓拓同志写了一篇很沉痛的文章来悼念他。我们这个组除了雷烨，还有林朗、程追、沈蔚、范瑾、徐逸人等同志。沈蔚同志后来当了《冀中导报》的负责人，也牺牲在他为之战斗的这块土地上了。

档案中，还有中国社会科学院的赵烽于1985年5月8日的来信。原文如下：

石家庄市委党史资料征集办公室负责同志：

1960年我曾到石家庄烈士陵园，在白求恩墓旁见有雷烨同志墓，墓志上空白，一直考虑要填上去。最近通过北京图书馆报库查到《解放日报》1943年5月的刊载，特照相送上，望收到信及照片后复信。

此致

敬礼！

赵烽

1985年5月8日

附：回信可寄北京中国社会科学院人事局转。

石家庄市委党史征编室很快将此信转到了陵园。

烈士陵园办公室：

今转去赵烽同志来信及其复制资料一份。收到后，请你们给赵烽同志复信。

敬礼！

中共石家庄市委党史征编室

一九八五年五月十一日

赵烽（1918—1990），女，河南开封人。河南大学肄业，1937年赴延安，是陕北公学第一期女生队学员。1938 年被分配到陕甘边区妇联筹委会工作，同年加入中国共产党。历任边区妇联宣传部长、副主任，西北局妇委委员。1945 年后历任中共中央妇委委员、张家口市妇联主任、冀中区党委政策研究室研究员、河间县委宣传部长。中华人民共和国成立后，历任全国妇联书记处书记、纺织工业部人事司长，1978 年调任中国社会科学院政治部副主任、人事局长等职。

从现已了解的情况看，赵烽是雷烨的战友，对雷烨很熟悉。

档案中还有白建雄 1958 年关于将雷烨遗骸迁葬陵园的建议，河北省军区、石家庄军分区、河北省民政厅有关迁葬事宜和调查雷烨情况的函件以及陵园调查情况等资料，高永祯全部复印了一份。

线索越来越多，仅北京就有 30 多位需要联系的人，高永祯先后电话采访了能联系上的人。由于这件事已见诸报端，网上频传，引起媒体广泛关注。后来，中央电视台等媒体的记者也去采访知情人，有的准备拍摄专题片，有的是为撰写新闻稿。

高永祯在他的《杰出战地记者：雷烨传略》中，记述了几位主要知情人的回忆，摘录如下：

李运昌（原冀东军分区司令员）：我很熟悉雷烨，他很能干，我很喜欢他。他的原籍、原名、亲属情况，我不知道。那时候谁也不问，也不能问这些情况。

李中权（原冀东军分区政治部主任）：雷烨是政治部宣传科长，后来又是组织科长，和我接触最多，跟我很熟，经常向我汇报工作，从来没说过他别的名字，我在抗大二分校工作过，他也没说他上过抗大二分校。如项秀文能拿来他哥哥的照片，我能辨认出是不是雷烨。

顾棣（原晋察冀画报社资料员）：我没见过雷烨，但我整理过他交给画报社的很多摄影作品，现由解放军画报社收藏。雷烨文学造诣深，又是著名摄影家，他主要活动在冀东，现在解放军画报社收藏的他的作品就有他在冀东的不少文章、诗和照片，照片中有《潘家峪惨案》等经典珍品。我研究过他，也写过他，在《中国解放区摄影史略》一书中以较大篇幅记述了雷烨的生平业绩，重点是在摄影事业中的贡献和成就，可以查阅。今年七一前保定电视台拍摄的专题文献纪录片《瞬间》聘请我当顾问，其中有一集专门介绍雷烨，有他和田华合影的情节。李运昌、李中权是冀东军分区首长，应该了解雷烨的情况。雷烨是南方人，具体什么地方人，有无其他名字，我不清楚。当时人们怕连累家里，大部分人把名字给改了。……雷烨当时还没结婚，单身一人。他个人的照片很少，只有两张，一张是聂荣臻接见他们时的合影，一张是和田华的合影。人们都把“烨”字误念成“华”字，叫他“雷华”，他也答应。

范瑾（原前线记者团唯一的女记者）：……雷烨是个挺好的人，也挺有才气的，他会写诗，路上还写了一首送给我，现在只记得一句“柔静的青年”，因为我那时候不爱说话。到晋察冀的时候，我们先到阜平，政治部在阜平。在那里有一个月吧，了解晋察冀情况，然后我们再分开。因为晋察冀挺大的，雷烨是在最困难的时候去冀东的，那是敌强我弱的地方。我去了冀中，最后一次见雷烨是 1939 年初。

伊之（晋察冀日报史研究会原秘书长）：我和老伴张致祥在

晋察冀日报社的时候，雷烨是特约记者。我没见过他，但他的崇高人生观念和品德及英勇事迹，深深感动着我。在我听说和接触雷烨故事的过程中，有几次印象很深。一次是在平西时有张照片，是萧克、张致祥、金肇野三人合影，这是1939年雷烨拍的。这张照片，我一直保存到20世纪80年代初，由我捐赠给首都博物馆筹备处了，连同平西、平北的共四张（收据仍在），这是我听说雷烨之始。一次是听到雷烨牺牲的消息，并看到李楚离、邓拓、张致祥三人写的悼念雷烨的三篇悼文时，我非常痛心，很遗憾没能见到雷烨。

张致祥（原晋察冀日报社副社长）：我当时在晋察冀日报社，邓拓是主编和社长，我是副主编、副社长。我只见过雷烨几面，但是他留给我的印象非常深刻，那个时候，有些记者，尤其是拿着相机的，容易有些傲气。但是雷烨这个人太好了，他从晋察冀边区到冀东去，经过平西，和我还有萧克一起吃了顿饭。他非常年轻有活力，而且没有丝毫傲气，我还给他讲我们日报社用的石印。……我把我们办报的过程告诉他，他也很感兴趣。

他参加边区参议会时，我们约好再见面的，还没见面他就牺牲了。他确实没顾自己啊，敌人来“扫荡”了，沙飞已经派人通知雷烨，让他带着警卫员先跑，可是他想起当地还有30户老百姓不知道敌人“扫荡”的消息，就挨家挨户地敲门通知，结果把时间给耽误了。这不是一般的记者能做到的。根本没考虑自己是不是会遇害呀，剩下一颗子弹留给自己，剩下一颗子弹……（痛哭）

裴植（原晋察冀画报印刷厂厂长）：我当年曾和雷烨一起工作了三个月，雷烨一般个子，书生气很浓，文质彬彬的。人呢，非常和蔼，但是非常活泼。他到延安抗大学习后，1938年底，被任命为总政前线记者团晋察冀组组长，派到晋察冀。他利用各种形式、各种场合介绍延安文化运动的形势，还受抗敌报社社长邓拓之托，写《谈延安文化工作的发展和现状》等一些文章。……1941年和1942年里，雷烨随部队转战冀东滦河沿岸和热南伪满“边境”，拍摄了很多新闻照片。沙飞说，他拍摄的照片无论在质量上还是数量上，比起专业人士的作品毫不逊色。……雷烨从冀东越过敌人封锁线，来北岳参加边区参议会。会后来到我们晋察冀画报社，我们都很欢迎他。他在农民的旧房舍里，夜以继日地整理照片。照片底片已经选定了，说明也都写好了，正要开始写文章，就到了1943年4月19日。那天傍晚，老乡传来消息，30多里以外的鬼子正准备袭击，罗光达开会布置，让技术工人先躲一躲，剩下我们一些人坚壁设备、摄影器材，干了一个晚上，到黎明天刚亮，敌人已经进村了，打起来了。机枪嗒嗒地响，我赶紧出村往后山跑，等我跑到半山坡一看，雷烨跟他的警卫员从半山坡冲下去了。他没有跟着部队撤退，他去挨家挨户地敲老百姓的门，通知他们撤离。结果他往那个山沟里跑下去了。我们在山上待了一夜。后来了解到，他被打伤后让警卫员走了，自己跟敌人对射，后来敌人下去，要活捉他，他很坚强，很坚决地把他的照相机、手表、钢笔全都砸了，留了（痛哭）……给自己留了一颗子弹……

田华（著名电影表演艺术家）：雷烨比我大十几岁，可是他不像29岁，就像20岁左右的样子。那时候同志间的感情可深了，有一口饭分着吃，有一支烟分着抽，用笔画上一道道线，我抽一口到线那儿，你接着抽……就是这样，要饿大家一块儿饿，要饱大家一块儿饱……苦是苦，可大伙挺乐观，为什么？因为有个理想，日本鬼子打倒了，我们就可以有好日子过了。在胜利前夕，雷烨牺牲了，他拍摄的照片曾经给我们带来多大的乐趣，可是他没等到胜利的那一刻啊。直到今天，我们想起他，心里总会感觉万分遗憾。

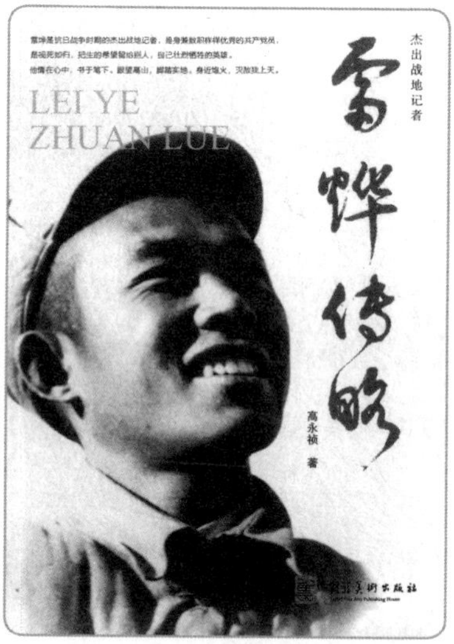

《杰出战地记者：雷烨传略》图书封面

经过一个月的突击走访调查，高永祯对雷烨的生平业绩已基本清晰，但其牺牲地点资料记述不一，说法各异：一说平山县曹家庄（时光、宋桐欣等说）；一说建屏（平山）县南段峪（白建雄说）；一说平山县土岸村（《光辉的历程》记载）；一说平山县军城（冀东烈士陵园《烈士登记表》记载）。雷烨到底牺牲在何处，迟早要查清的。经考证，高永祯认为，雷烨是在协助晋察冀画报社整理照片资料时与敌遭遇牺牲的。如果是曹家庄，经查地图发现平山县有三个曹家庄，且相距很远，是哪个曹家庄呢？高永祯认为应该是离画报社较近的那个曹家庄，那么画报社又在哪里呢？据《河北省出版志》记载，晋察冀画报社驻地是平山县碾盘沟（其实 1943 年 1 月已迁驻曹家庄，但当时高永祯并不知道）。他又从平山县地图看到：碾盘沟西北不远处有曹家庄、南段峪，其中的一个村庄应该是雷烨牺牲处。2001 年 8 月，高永祯画了一张“雷烨牺牲地考证示意图”，以备寻访时使用。

高永祯仔细梳理了搜集到的雷烨资料，清晰地发现雷烨的籍贯、年龄、文化程度、身高、相貌、性格、爱好、特长、品德、赴延安时间、照片特征等均与项俊文（雷雨）相吻合。据此，高永祯认为，可初步判断雷烨就是项俊文。

但是只知雷烨籍贯在浙江省，不知他在什么县、什么村，且名字和雷雨有一字之差，尚需进一步查证，弄清原委。为弄清这个问题，高永祯又走访了 63 军政治部宣传处原处长史庚初老人，史庚初老人从山西榆次军分区政委岗位上离休，住在石家庄 63 军干休所。史庚初老人一直在晋察冀军区所属部队工作，对当时情况非常熟悉。他说：“这种情况很正常，当年随时随刻都有被捕被俘的可能，如不改名，暴露原籍，一旦被汉奸、叛徒知道你是什么县、什么村人，真名叫什么，后果不堪设想，不仅连累家人，也会连累组织。光暴露省名没关系，在一个省的范围里找一个人，是很难的。雷烨的原籍只知浙江省，没县名和村名，名字也不一致，道理就在这里。我们这些人都清楚，也都是这么做的，我这个名字也不是原名，到现在和我在一起工作了几十年的老人们，谁也不知道我的原籍和原名，也从来没人问过，大家已经养成了习惯。这个问题没有必要再查了，再查也是这么回事。”听他这么一说，这一疑惑也就解开了。

这些情况，高永祯通过电话和项秀文沟通，项秀文更加坚信雷烨就是他哥哥。他说：“感谢寄来这么多资料，尤其是和聂荣臻、田华的合影，经哥哥的好友许为通辨认，他一眼就看出正是当年的项俊文。完全同意你的判断，雷烨就是项俊文。”

高永祯说：“这事也没那么简单，光我们自己说，还远远不够，要有更多的旁证，要有充分的证据才行。”

高永祯建议项秀文尽快拿着他哥哥离家前的照片到北京，请雷烨的老领导、老战友，如李运昌、李中权、魏巍、赵烽、张致祥、伊之、田华等人辨认雷烨是不是项俊文。这些人都年事已高，要抓紧时间，越快越好。

五

当远在西子湖畔的项秀文收到高永祯的信时，深深为这位北方同志的深厚情谊和执着的工作精神而感动，他们不是亲友却远胜亲友。项秀文连忙给高永祯复信并寄赠《似水年华》：

高永祯同志：

您好！

寄上《似水年华》两册。其中开头《一封写给哥哥的信》，及最后的《怀念挚友项金土（俊文）同志》对哥哥情况有较详细的记载。您说的烈士雷烨，1938 年秋去延安进抗大、浙江人、学历、年龄及爱好文学等，均与我哥哥相符。请你把雷烨烈士有关资料复印寄给我一份。我看资料后，如有必要拟北上调查情况。再一次谢谢您对我哥哥，对一位无名烈士的关心！他一定也会在九泉之下衷心感谢您！

《似水年华》图书封面

项秀文看了高永祯寄来的材料和照片，初步认定雷烨就是他哥哥。他连忙给杭州市政协打报告，要求北上调查。市政协党组织非常支持，并派政协干部闵虹陪同项秀文去北京、河北石家庄等地调查。

杭州的同志们闻讯后，也热心帮助项秀文寻找哥哥。项秀文担任杭州市新四军研究会常务副会长，在办公室里讲起将去北京调查。秘书长任传毅和妻子王雪曾在晋察冀工作过。王雪的同学郭国勇认识晋察冀日报史研究会原秘书长伊之大姐。伊之大姐主持过寻找晋察冀牺牲烈士身份的工作，一直在寻找雷烨亲属，一听到这个消息，欣喜异常，连忙叫项秀文赶快寄去《似水年华》和雷雨去延安前的照片。到北京后，郭国勇愿意领他们去见伊之大姐。

2001 年 9 月 7 日，项秀文和闵虹飞抵北京。郭国勇立即与他们通了电话，说伊之大姐要他们马上去。伊之大姐是文化部副部长、中国对外文化联络委员会副主任张致祥的夫人，家在万寿路，郭国勇陪同他们驱车前往。到那里时，张致祥老人已在门口等候。

张致祥当年是晋察冀日报社副社长，伊之长期在晋察冀日报社工作，后任晋察冀日报史研究会秘书长，这对老夫妻在晋察冀日报社可谓德高望重。有关报社的历史、人事变迁，很多人都来请教他们。

他们都知道，雷烨是浙江省人。抗日战争全面爆发后，高中未毕业的他即奔赴延安参加革命。他在抗大第四期学习时，就喜欢写作，爱好摄影，兼任各报刊的特约记者和通讯员。他写的通讯及拍摄的照片显露了他的新闻写作和摄影的才华。

“我至今还记得雷烨同志！”90 多岁高龄的张致祥老人思路清晰地说，“我对他印象很好，所以雷烨牺牲后，我写过悼念文章。当时，邓拓、沙飞，还有冀东军区政委李楚离等都写过悼念文章，刊登在《晋察冀日报》上……”

听着这些，项秀文眼前浮现出当年的烽火硝烟中，哥哥英姿飒爽、出生入死，转战在长城内外……这与他想象中的哥哥完全一致。

项秀文拿出哥哥早年在家乡拍摄的几张照片。张老夫妇俩一看就喊出：“像，像！这就是雷烨，雷烨就是你的哥哥项俊文。”

张老拿出一本《文旗随战鼓——〈晋察冀日报〉文学作品选》，翻开扉页，亲笔题上“赠雷烨胞弟项秀文同志”，书中收有他的文章《悼雷烨同志》(1943 年 5 月 18 日)。

伊之大姐找到辽宁美术出版社出版的《人民战争必胜——抗日战争

中的晋察冀摄影集》，内有当年聂荣臻司令员接见八路军总政治部前线记者团的合影。项秀文一眼认出左首第一人就是他亲爱的哥哥。虽然穿着八路军军服，但模样、神态丝毫没变，只是多了几分成熟和坚毅。

当晚项秀文回到宾馆，捧读张致祥老人题赠的书。张老当年以“舒予”为笔名写的《悼雷烨同志》一文的一开头就写道：

雷烨同志，我是认识他的，他壮烈牺牲的消息传来，使我精神上受到袭击似的，垂着头，呆呆好久，惊疑、痛惜……不仅是我之能够认识他，将引为我自己毕生的骄傲，并且，更为党骄傲……

张老和雷烨的感情，可谓深矣！

伊之大姐还约来当年负责《晋察冀日报》排印工作的秦永川。秦永川是雷烨的战友，他带来雷烨最好的一张照片，以及不少当年《晋察冀日报》刊登的雷烨作品和悼念他的文章。他证明雷烨、雷雨为同一个人。

秦永川带来的是一张雷烨仰头欢笑的照片，是著名摄影家沙飞拍摄的。抗战一开始沙飞就在晋察冀，后来又与雷烨等人一起并肩战斗在晋察冀最前线。在河北一个偏僻的小山村，沙飞、雷烨和当时只有 14 岁的小演员田华相遇。田华圆圆的小脸洋溢着天真的笑容，身上穿着厚厚的棉大衣，非常可爱。沙飞举起相机捕捉下两人欢乐相逢的镜头，历史的瞬间就在这“咔嚓”声中定格。这不光是田华平生第一次拍照，也记录下雷烨最后的影像。

田华至今还保留着这张珍贵的历史照片。项秀文与田华通电话时说：“我的哥哥亦是你的哥哥，我们都为有这样一位哥哥而自豪。”田华很同意这个说法，说：“我们都应继续革命事业，为之奋斗终生。”

最后，由张致祥、伊之、秦永川等20多人多方辨认和印证，众人一致认定，雷烨即项俊文（雷雨）。伊之大姐感慨地说：“我们心中的一块石头总算落地！”

至此，雷烨和项俊文（雷雨）已完全合二为一。原先交叉、错叠的模糊形象，已从历史的深处浮出水面，清晰地呈现在人们面前。几十年的艰难寻访，十几年的史海钩沉，终于可以告一段落。

六

在项秀文、项秀华寻找哥哥的同时，冀东烈士陵园也曾通过多位雷烨战友了解雷烨个人及亲属情况，但他们都对雷烨的籍贯、家庭等情况不了解。

冀东烈士陵园位于唐山市区，1955年始建，1958年建成对外开放。筹建期间即着手搜集烈士资料。因雷烨是以八路军总政治部前线记者团记者的身份在冀东从事战地采访和新闻报道的，又是冀东军分区政治部组织科长，业绩显著，拟将雷烨烈士归葬园内。因此，冀东烈士陵园多方搜集雷烨有关资料，搜集到的资料中，有的人说雷烨牺牲在平山县军城。1957年冀东烈士陵园函询平山县民政科。原文如下：

平山县民政科：

在1943年时牺牲在你县军城一个烈士——任过冀东军分区政治部组织科长的雷烨同志，本园拟将该烈士归葬到陵园，以资纪念。请查军城是否牺牲过此烈士？遗体现在是否仍在军城埋着？请函复为感！

此致

敬礼！

河北省冀东烈士陵园

1957 年 8 月 22 日

平山县民政科当时并不知道雷烨就牺牲在平山县南段峪石堂村，并就地安葬。他们的复函如下：

河北省冀东烈士陵园负责同志：

贵处来的信收到了。自接到信后，我县 304 个村庄详查了很久，没有军城这个村庄的名字，我县也没有姓雷的户，故不能查出，特此告知是荷。

此致

敬礼！

平山县人民委员会民政科

1957 年 8 月 26 日

当时，关于雷烨的原籍，说法不一，有湖南、福建、江苏、浙江等说，大都是“可能”“大概”之说，并不肯定，较为具体一点的是赵衡给高机仙、林江信中所说的“雷烨家在浙江杭州附近”。为查清这个问题，冀东烈士陵园颇费一番功夫。信函由赵衡转高机仙、林江，转浙江省民政厅，转杭州市委、民政局，再由浙江省民政厅复赵衡，赵衡复高机仙、复冀东烈士陵园，转了一大圈仍未查清。

赵衡在秦皇岛耀华玻璃厂党委工作，高机仙、林江不知道在何处工作，不知道他们与雷烨有何关系，也不知冀东烈士陵园为何用这种方式调查。

冀东烈士陵园为查清雷烨身世、原籍和家庭情况，查询了好多人和单位，一些人和雷烨很熟悉，是一起战斗过的亲密战友，如范维存、丰原等。但是，大家都说不知道雷烨的这些情况。这是为什么？显然是雷烨的确没有透露过个人信息，别人也没有问过他。因此尽管费尽心思，辗转周折，雷烨的身世还是一团迷雾，令人困惑不解。

华北军区烈士陵园在调查雷烨身世的过程中，找到雷烨的直接领导，如李楚离等，一说雷烨，他们都对他很熟悉，都很喜欢他，都要夸他一番。再问雷烨原籍和亲属等情况，却无人知晓。

华北军区烈士陵园位于石家庄市区，始建于1949年，1954年举行落成典礼。1958年3月16日，平山县兵役局副政委白建雄建议将雷烨遗体迁葬华北军区烈士陵园。随后，河北省军区、河北省民政厅、石家庄军分区、华北军区烈士陵园展开了对雷烨的生平业绩、入伍时间、入党时间、籍贯、亲属等情况的调查。1959年春，雷烨遗体迁葬陵园后，调查仍在继续，一直查到1960年。最开始陵园也向白建雄函询过，1958年4月3日，白建雄复信陵园说，他只能证明雷烨的牺牲经过，有关雷烨的入伍、入党、历任职务、籍贯等情况，他不知道。

陵园向曹家庄、南段峪其他有关人员函询，大家都不知道这些情况。后来找到李楚离写的《悼雷烨同志》，从中可看出雷烨部分生平业绩，但不完整。河北省民政厅于1959年10月10日、1960年1月16日，先后两次致函中共中央组织部李楚离，请他补充雷烨的生平业绩及入伍和入党时间、籍贯及亲属等情况。李楚离是当年冀东军分区政委，是雷烨的直接领导，对雷烨很熟悉，但他也不知道雷烨的原籍、原名及亲属情况。包括司令员李运昌和两位政治部主任李中权、李葆华，同样都很熟悉雷烨，但都不知道雷烨的原籍、原名及亲属情况，只能无奈地表示不清楚。

晋察冀日报史研究会成立后，成员们对当年《晋察冀日报》特约记者雷烨同志记忆犹新，他在《抗敌报》《晋察冀日报》上发表的文章大家都很熟悉。由于有关雷烨的史料不足，尤其缺少原籍、原名及亲属情况等资料，因此研究会的成员们也进行了广泛调查，企盼着能与雷烨的亲属取得联系。原有资料中唯一的籍贯线索只有"浙江省"三个字。研究会副会长、邓拓夫人丁一岚和张致祥、伊之夫妇作为《晋察冀日报》的老报人和雷烨的老战友，煞费苦心，曾多方调查并在浙江的报纸上登报寻找雷烨家人，未获任何回应。所有调查均无果而终。

刘树梅是平山县张家川当年的儿童团团长，其父刘廉芳是张家川中心村长、党支部书记，雷烨曾住过他家，并和儿童团一起过儿童节，给刘树梅留下深刻的印象，他很敬佩雷烨。雷烨牺牲后他去雷烨牺牲地找到雷烨摔碎的一块镜片、一个小铁环作为纪念，之后他走到哪里带到哪里。刘树梅虽然对雷烨有如此深厚的感情，但对雷烨的名字不知悉，误以为雷烨是画报社的黄科长而称呼其"黄叔叔"，雷烨也默认。1985 年为纪念中国人民抗日战争暨世界反法西斯战争胜利 40 周年，他口述，让儿子刘峰川执笔，写成《英雄山谷》一文，后刊登在《百合花》上，内容是回忆"黄叔叔"在张家川的活动和壮烈牺牲的事迹。1988 年病重期间，刘树梅嘱咐刘峰川一定要帮他完成一个未了的夙愿：设法弄清"黄叔叔"的姓名、身世，找到他的家人。一年后，他病危时再次郑重嘱托此事，刘峰川当即再次答应下来。但这是一个几乎无法完成的任务，刘峰川说，想弄清“黄叔叔”的姓名、身世，谈何容易！他牺牲已几十年，而自己手头仅有一篇对“黄叔叔”的回忆文稿。这的确是一个无从查起的疑案。一晃十几年过去了，刘峰川先后寻访过多位老人，也看过平山党史资料，怀疑过雷华、雷烨，是否和“黄叔叔”同为一人，但始终难以确定，至于其家人在哪里，更是无从谈起。

谁曾想到，雷烨牺牲后几十年间，弟弟项秀文、二妹项秀华寻找哥哥望眼欲穿，音信皆无；而如今，经过高永祯 15 年的不懈努力，终于解开了这一谜团，使无觅近 60 载的往事水落石出，使雷烨的传奇故事再一次绽放出绚丽光彩。

第十五章
跨越甲子的重逢

一

在河北省军区唐山第二干休所住着一位老人，他就是雷烨当年的小战友——吴邦。在艰苦的革命年代，雷烨是吴邦参加革命的引路人，把他从一个农村孩子培养成一名八路军战士。2021年7月，这位从昔日的硝烟与炮火中走过来的老同志，坐在轮椅上，他已口不能言，只有默默地凝视着来访者。

吴邦的女儿王海燕说："父亲常说起，雷烨是他的引路人。"王海燕说着，拿出一张珍贵的照片，那是吴邦 14 岁那年，雷烨为他拍的照片，被珍藏至今。

王海燕说：“唐山大地震时，相册是从废墟里挖出来的，这是家里唯一的宝贝。”

照片中稚嫩的吴邦昂首挺胸，一身戎装，系着腰带，别着手枪，活脱脱一个小八路军。王海燕在照片后面写了几句话：

> 此照片是二战时期百名战地记者雷烨给照的，非常珍贵！！！1942 年以后，1943 年（雷烨）就牺牲了。据说“百名”之中，中国只有三名。请千万千万保存好！
>
> 王海燕

王海燕永远不能忘记，1976 年唐山大地震的悲剧。他们住在 255 医院四楼宿舍，整栋楼才跑出来 7 个人。吴邦的腿被砸伤，王海燕的妈妈腰被砸伤，两个人都动弹不了。王海燕的一个哥哥和一个弟弟都在地震中失去生命。那时，一家人都沉浸在悲痛之中。

吴邦劫后余生，第一件事就是让家人在废墟中寻找他珍藏多年的两本相册，因为相册里有雷烨为他拍的照片。

从天津赶回来的王海燕，冒着生命危险在残垣断壁和钢筋水泥石块中扒啊、翻啊、找啊，终于挖到这两本相册。

吴邦拿到相册，首先把雷烨给他拍的照片看了又看，眼前浮现出雷烨的身影，他不禁泪流满面。

王海燕曾经整理过他们的家史和父亲的经历。她常常对人说起吴邦的战友肖楚荣寻找吴邦的故事，那场跨越甲子的重逢，感人至深，历历在目。更让人感动的是，吴邦和肖楚荣60多年后重逢相见，再次回忆起雷烨的故事，把人们的思绪带回到那个硝烟弥漫的战争年代，带回到那个风华正茂的青春岁月。

二

乍见翻疑梦，相悲各问年。

2014年4月，大型公益寻人节目《等着我》在中央电视台综合频道正式与全国观众见面。作为全国首档发挥国家力量的全媒体大型公益寻人节目，《等着我》利用国家媒体平台的优势和力量，联合社会多方资源，为失散人群及其亲属提供志愿公益服务。正是由于这样，该节目一经开播，收视率和全民话题度便一路飙升，受到了社会各界的广泛关注与赞誉。

2017年4月，在《等着我》节目开播三年后，演播室迎来了一对特殊的嘉宾。和其他人寻找因故失散的家人不同，这次的主角肖楚荣来自湖南省绥宁县，是一位年过八旬、曾在抗美援朝战争中担任过卫生连通讯员的老兵，他希望能够借助节目的平台，找到自己当年的首长吴邦。

据肖楚荣介绍，他之所以迫切地寻找吴邦，一来，是因为自己如今已年过耄耋，期盼着能够尽快了此夙愿；二来，是因为他们两个人在战争结束后，由于工作调转就再未曾见过面，恍惚间已过去了半个多世纪。

“当年本该我照顾首长，结果却是他在处处照顾我。这么多年没见，我现在就想知道他是不是还在？过得好不好？”肖楚荣在回忆当年的战友情时，声音颤抖地说道。

肖楚荣1950年参军入伍，1951年随部队入朝参战，成为一名保家卫国的无畏战士。

由于年龄小，本是下属的肖楚荣不但受了首长吴邦的许多特殊照顾，还在对方的保护下一次次脱离险境，从而改变了人生。因此，尽管肖楚荣如今已退休多年，但他始终未曾淡忘那段军旅岁月，将其永远铭刻在脑海里。

随着时间的流逝，当年那个活泼开朗、被战友们亲热地称为“小鬼”的小伙子早已白发苍苍，但肖楚荣没有一刻忘记过首长。每当看到电视里播放战争题材的影视剧，他都会激动地向家人讲述这段烙印在脑海中的峥嵘岁月，回忆自己与吴邦首长的深厚情谊。至于那张首长当年赠送的照片，他更是一直挂在自己房间的墙上，从没有摘下来过。

在《等着我》节目的努力寻找下，2017 年 4 月，肖楚荣和吴邦终于在北京见面。当听到主持人倪萍说到寻人团即将揭晓结果时，身着抗美援朝军装、胸前挂满耀眼的功勋章的肖楚荣立刻来到舞台中央，迫不及待地抬头看向大屏幕。当首长的照片出现时，他更是迅速抬手致以军礼。而当年逾九旬的吴邦颤巍巍地坐着轮椅从门里面出来时，原本安静的现场顿时响起了一阵雷鸣般的热烈掌声。

“首长呀，终于找到你了。”听到肖楚荣深情的呼唤，看到这两名曾经历了炮火岁月、生死相依的老兵紧紧拥抱在一起，在场众人唏嘘不已，纷纷落下泪来。

三

这一刻，舞台仿佛穿越了时空，带着人们重新回到那段用血与火铸成的峥嵘岁月。

这个关于战友生死情的故事，还要从 20 世纪 50 年代初讲起。

1950 年，新中国刚刚成立，百废待兴。就在全国人民撸起袖子准备为建设国家大干一场时，一场突如其来的战争从天而降。随着战火迅速蔓延到鸭绿江边，眼看着就要烧到新中国，毛泽东主席果断做出战略决策：出兵朝鲜，抗美援朝，保家卫国。中国人民志愿军迅速组建，于 10 月 19 日跨过鸭绿江，与朝鲜人民一道抗击以美国为首的侵略者。

这一年，17 岁的肖楚荣和当时的许多年轻人一样，毅然决然地报名参军。1951 年，他随军前往硝烟弥漫的朝鲜战场。

作为全连年纪最小的战士，在来到朝鲜后，他被分到 46 军 136 师 406 团卫生连通讯班，负责通讯工作，并担任吴邦的警卫员。

和很多曾经历过战争年代的人一样，肖楚荣的身世甚是凄惨。父亲和大哥双双死于战争，二哥也被抓去当壮丁，从此生死未卜，只剩下肖楚荣和母亲二人在动荡乱世中相依为命，过着非常清苦的日子。

得知这一情况后，吴邦想方设法地照顾肖楚荣。尽管当时物资储备尚不充足，部队生活也很困难。但凡有好吃的东西，他都会省下来留给肖楚荣；在得知肖楚荣年少家贫、没有机会受教育后，便安排教员来教他识字、学文化；知道肖家人丁单薄，更是常常叮嘱肖楚荣多往家里写信寄钱；甚至在粮食短缺时，还曾主动将自己的口粮省下来，让肖楚荣寄给远在家乡体弱多病的母亲。

“首长关心我，对我亲如兄弟，甚至比亲兄弟还要亲。”肖楚荣感激地说道。

这份情谊尽管无言，却如同涓涓细流汇入了肖楚荣的内心深处。对吴邦的点滴恩情，他一直铭记在心。

那是肖楚荣第一次踏上战场，年仅 18 岁的他真正地感受到了战场的残酷。

“哪里都是炮火，哪里都在打仗，每天从早到晚源源不断地有担架将受伤的人抬来。尽管我们竭尽全力，但由于伤员伤势过重又缺少药品，仍不间断地有人牺牲。”时隔多年，被问到战场上的情形时，肖楚荣仍是心有余悸。

他表示，在看到这一幕幕时，刚开始心中难免忐忑。当时，首长吴邦看出了他内心的不安与惶恐，便打气说：“虽然卫生连没有枪，但是救助包就是我们的枪。”

在听了吴邦的话后，肖楚荣重新振作起来。尽管战争残酷，可因为有首长及那么多英勇的战友在身边，他很快就习惯了敏捷地穿梭在枪林弹雨中抢救伤员。

吴邦还是肖楚荣的救命恩人。在一次执行任务中，肖楚荣与吴邦各骑一匹马，途中敌人突然打来了几发炮弹，正好落在了距离肖楚荣约30米的地方。当时由于参军时间短，肖楚荣还没有什么实战经验，但吴邦作为久经沙场的老兵立刻意识到了情况的危急，边大声喊着要肖楚荣下马卧倒，边飞身扑到了他的身上，护住了肖楚荣的头部。

震耳欲聋的爆炸声骤然响起，由于有了吴邦的保护，肖楚荣毫发无损地得救了，而吴邦的衣服却瞬间起火，身上多处烧伤。

“如果不是老首长的及时相救，我怕是根本就没有今天。”回想起这惊心动魄的一幕，肖楚荣感慨万千。吴邦以身作则、舍己为人的精神反映出一名共产党员的使命与担当，深深触动了他的心。从此，肖楚荣在言行方面努力向首长看齐，决心成为一个像对方那样的好兵。在经过重重炮火的洗礼与考验后，肖楚荣光荣地加入了党组织。

“轻伤不下火线！”这是当时战士们说得最多的话。即使身负重伤，也要拼尽最后一丝力气坚守战场。

战况愈发激烈，突然有一天，吴邦让人将肖楚荣找来，将自己的两张照片郑重地交给了对方。

尽管吴邦当时并没有说什么，但肖楚荣在接过照片时，心在剧烈地震颤着。他知道，首长已经做好了在战争中随时牺牲的准备。

“我申请下连队，为牺牲的战友们报仇！”肖楚荣坚定地说道。

在经历了残酷的战争后，年轻的肖楚荣早已褪去了原本的青涩与稚嫩，成为一名坚毅果敢的优秀战士。这段英勇奋战的经历，成为他一生永不褪色的辉煌勋章。而这份与吴邦在战场上缔结的深厚情谊，让他终生难忘。

就在抗美援朝战争结束的前夕，这对比肩作战的战友面临着难舍难分的别离。1953 年，吴邦按照组织安排，到大学深造。从小就失去父亲和哥哥的肖楚荣，对于这位如亲哥哥一样的首长万般不舍。临行前，吴邦对肖楚荣说：“小鬼，别哭了，你要好好工作，好好学习，把革命意志锻炼得钢铁般坚强。”

对于首长的叮咛，肖楚荣没有片刻遗忘。这些教诲影响了他的整个人生，促使他不断进步、积极向上。每每回想，肖楚荣总是热泪盈眶。这些年来，他用了很多办法，都没有获得首长的消息，直到在《等着我》节目的帮助下方才圆梦。

“吴邦永远是我的首长，我是他永远的‘小鬼’。”半个多世纪过去了，肖楚荣一直盼着能够再向首长行一个军礼，道一句感谢。

当希望之门缓缓打开，84 岁的肖楚荣在经过了 60 余年的期盼后，终于见到了日思夜想的首长。二人拥抱的那一刻，他忘掉四周的一切，哭得像是当年那个纯真的男孩。

四

和肖楚荣的激动不同，吴邦在舞台上的表现则更显沉静。对于从抗日战争时期便已从事革命工作的他来说，当年用性命保护战友肖楚荣的事情只是自己应该做的一件微不足道的小事，完全不值得一提。而当在节目中被人称作“老首长”时，他也只是平和地一笑，随后认真地更正道：“咱们还是老兵，不当‘首长’。”

吴邦原名王俊仕，出身于河北省唐山市丰润县的一个革命家庭里。父亲王怀第在北京求学时，曾在革命先驱李大钊的关怀和影响下，毅然投身革命，奶奶也积极支持儿子和其他中共地下党党员的革命工作。由此，他们家成为当时掩护革命人士的堡垒户，著名冀东抗日民族英雄节振国也曾在他们家养过伤。

1938 年，年仅 11 岁的王俊仕正式投身革命，并光荣地成为儿童团团长，主要负责和小伙伴一道在村口站岗放哨，给本村和邻村的民兵及八路军传递消息。虽然当时年纪尚小，王俊仕已然凭借自己的聪明才智与敌人斗智斗勇，成为抗日群众力量中不可或缺的一分子。

“那时，我们儿童团每天都要进行训练，寻找岗点，锻炼腿脚，联系线人传递信息，每天都会将工作安排得妥妥当当的。”回忆起童年时光，年迈的吴邦如是说道。

他还在《等着我》节目中深情地介绍，相当长的一段时间，雷烨一直住在他家，很多出自其笔下的新闻报道都是在他家的地窖中完成的。由于非常喜欢聪明活泼的小俊仕，雷烨不仅利用休息时间给他讲革命故事，说革命道理，教儿童团的团员们学唱抗战歌曲，还给他取名“吴邦”作为进行革命工作的化名。

“雷大哥当时就住在我家里，他人非常好，既爽朗又随和。每当我遇到困难或是问题，都可以随时向他发问，他总是不厌其烦地指导我。”吴邦感慨道，“要不是他后来牺牲了，我有时还真想再和他聚聚、再和他聊聊。”

雷烨牺牲时，吴邦已经参加了八路军。得知雷烨牺牲的消息后，吴邦悲恸不已，“心几欲窒息，好长时间都缓不过来”。后来他一直使用雷烨给他取的名字，就是希望能够通过这样的方式铭记自己的这位好大哥。

1941 年 6 月，14 岁的吴邦在执行任务时打死了一名紧紧尾随其后的日本翻译官，从而暴露了身份。为了保全性命，在家人的支持下，吴邦紧急参加了八路军。由于曾受过雷烨的指导，参军后他先在部队的宣传科工作了一段时间，随后又被组织派往冀东军区十二团卫生队担任卫生员。当时的卫生员，不仅要救死扶伤，还要负责冀东部队所有团队的全部药品供应。由于日军对当地进行了严格的封锁，八路军的医疗器材与药品严重缺乏。为了使更多受伤的战友能得到及时救治，吴邦常常要独自一人骑马到附近镇上，领回由当地保长秘密去敌占区买来的药品。不仅如此，由于敌人对敌占区加以控制，药品的数量少得可怜，在领取的过程中还常常会有生命危险。

不久，为了彻底摆脱部队上缺少药品的困境，卫生队成立了制药组，通过研制中药来弥补药物不足。为此，司药长王仁杰和吴邦前后带着 12 名制药组的同志，深入大山深处采摘中药进行制剂。

当时，制药组的战士住的是自己亲手搭建的茅草房，环境相当简陋。每当下大雨或是山洪暴发，屋子便会被湍急的水流冲走，一次工作时，吴邦被从山上冲下来的石头砸伤了。可即便如此，在被同志救下后他仍没有停歇，而是继续坚持工作。后来，吴邦时常会说起这件事情。在他看来，中国人之所以能在那样恶劣的条件下赶跑日军，就是靠着“中国人必胜”的信念。正是由于心存坚定信念，全国军民才会在面对重重危机时上下一心、奋起抵抗，直至最终取得抗战的胜利。

解放战争爆发后，吴邦又跟随着冀东部队参加辽沈战役和平津战役，而后又南下进行湘西剿匪，在每一场战斗中，他都表现得特别英勇，充分表现了一名共产党员的顽强精神。

1950 年 10 月，抗美援朝战争爆发。随着“雄赳赳气昂昂，跨过鸭绿江”的歌声，中国人民志愿军部队开往了朝鲜战场。1952 年，吴邦随着 46 军来到朝鲜，替换 39 军驻守西海岸。随后，他便被任命为 46 军 136 师 406 团后勤处副处长，兼任卫生队队长，从而与肖楚荣结下了一生的深厚友谊。那段时间，他每天都会带领医务人员抬着担架到战场抢救伤员，尽管枪炮无情，时常会有生命危险，但为了尽可能减少战友牺牲，他们仍是咬紧牙关向前冲，丝毫不曾后退过。

1953 年夏天，抗美援朝战争结束，吴邦按照组织安排到位于长春的第一军医大学深造。6 年后，成绩优异的他如期毕业，被分配到 255 医院当医生。1966 年 3 月，邢台发生 6.8 级地震，面对着房屋倒塌、人员死伤无数的惨状，吴邦所在的医院迅速派出一支由医学骨干组成的抗震救灾工作队，火速赶往灾区。吴邦主动请缨参加救援，作为工作队的主力队员，他始终身先士卒战斗在一线。

从 1938 年投身抗日战争参加革命工作，到 1983 年离休，吴邦始终奉行着“医者仁心”的信条，即便是在最艰难的岁月里，他也在用尽全力去抢救医治每一个病人，充分体现出了一名医者对于生命的尊重。

在吴邦看来，自己最幸运的就是在雷烨的指引下早年参军，既最大限度地发挥了自己的能力，又收获了如此珍贵的战友情。

“这辈子能够参军我感到无上荣光，我觉得自己做得最正确的一件事情就是坚定不移地跟党走。”吴邦郑重地说道。

守望，只为那场跨越甲子的重逢。阔别60多年以后，肖楚荣终于和吴邦见面，圆了寻访老首长、老战友的梦想，而吴邦却再也不可能见到雷烨。但雷烨一直活在他的心中，他要把雷烨的故事讲给战友们听，把雷烨的精神传承下去。

第十六章
没有结束的寻找

一

远去了的刀光剑影，远去了的硝烟战火。晋察冀战地记者似乎已成为遥远的记忆，岁月冲刷着他们的英名，他们的事迹也似乎隐退到了尘埃云烟里。几十年的寻访，让雷烨和他的战友们又一次从历史深处向我们走来。

在抗日战争和解放战争中，晋察冀这片土地上曾经活跃着无数的战地记者。在极为艰险的环境中，他们一手握笔、一手拿枪，创造了中国革命新闻史上一个接一个的奇迹，谱写了一首首可歌可泣的生命壮歌。在 1942 年 5 月“大扫荡”中，仅华北新华日报社就有 40 多位同志牺牲。晋察冀日报社在抗日战争和解放战争期间也有 50 多位同志为国捐躯，其中就有雷烨。

和雷烨一起到晋察冀的沈蔚，就牺牲在一次行军途中，长眠在了冀中大地。

7 月是冀中的雨季，天气像小孩的脸说变就变，那会儿，火辣辣的太阳直照着麦田，路上的沙土闪烁着光，天气酷热，到处散发着盛夏的威力。可不一会儿，一阵闷雷响过，豆大的雨点猛烈地往下砸。路上立刻扬起烟尘，头顶的一团团乌云像一只只疯狂的狮子，在半空中翻滚。

在夜晚深浓帷幕中，冀中七分区 100 多名地方干部随部队一起夜行军，冀中导报社通讯联络科科长沈蔚和记者李雪背着行囊，行进在队列中。这时，天空下起滂沱大雨，天黑路滑，人们浑身湿透，不断爬起又跌倒，跌倒又爬起。

天空开始慢慢地亮起来，雨终于停了，冀中大地一片苍茫，四周都笼罩在神秘的薄雾中。沈蔚、李雪和行军的人们把湿透的衣服脱下来拧拧再穿上，然后走进安国县（现河北省安国市）城南西庄村休息。

部队刚住下来，没一会儿就有枪声响起，周围碉堡里的敌人扑过来了。我们的部队迎头痛击把敌人打退了。战斗中有一位战士负伤，沈蔚和大家一起，给负伤的战士送慰问信、送慰问品，让这位战士倍感温暖。在战斗的间隙，在紧张的时刻，浓浓的战友情把大家联结成一个战斗的群体、团结的群体。说不准，明天大家就各奔东西；说不准，明天就有战友倒下，再也不能起来。因此，战友们都十分珍惜这份情谊。

冀中导报社记者李雪也加入慰问的活动中，前后奔跑，忙得不亦乐乎。李雪对沈蔚说：“你在分散行动前的战斗动员太精彩了，很鼓舞士气。”

面对斗争的残酷，形势的险恶，按照冀中区党委的指示，报社化整为零，分小组到各自比较熟悉的地方隐蔽一时，等局势稍好再集合办报。分头行动前，报社的同志集中在小土坡上，沈蔚作分散前的战斗动员报告，平时温和的他，这时却瞪着双眼，情绪激昂，用尽全身的力气，愤怒抨击日寇的穷凶极恶。他挥动着拳头说：“最艰难的时刻到了，我们要有足够的思想准备，准备着和敌人作持久的战斗，准备着和敌人作最艰难的战斗，不论在战场上、法庭上、刑场上，在任何情况下，都要和敌人斗争到底。”

最后，他慷慨地说：“为了抗战的胜利，为了全中国的解放，我们必须坚定信心，机智勇敢，以大无畏的精神，投入神圣而光荣的伟大事业中去。我们盼望着反‘扫荡’取得胜利，让我们在不久的将来重新回到这里，迎接胜利的到来！”

沈蔚的头发在热风中翻动着，脸上通红通红，他在李雪和报社同志们的心中留下了不可磨灭的印象。

沈蔚率领的小组，率先向南突围，但突然遭遇敌人的包围，只好在敌占区村庄暂时隐蔽。组里的同志被敌人冲散，大家三三两两辗转躲藏，避敌锋芒，与敌周旋了一个多月，奇迹般地躲过敌人的“铁壁合围”，转移到了深北县小营村，来到报社记者、好友张树欣家隐蔽。沈蔚虽然身处险境，但仍念念不忘报纸的复刊和通讯工作的开展。

在张树欣家，他们开挖地道，并约定好沈蔚在人前尽量不说话，也商量好万一遇到各种情况的应急办法。

那天黎明前，张树欣让老乡带着沈蔚到村东南野外隐蔽，正好日军从东南方向过来包围村子，把沈蔚和躲在村外的群众都圈了回来，沈蔚和一部分群众被当作劳工抓到深北县（旧县名）关了起来。

张树欣靠着对地形的熟悉，从敌人的夹缝里逃出，心急如焚地找到深北县委报告情况，请求营救。

面对敌人的严刑逼供，沈蔚装聋作哑，没有暴露自己的身份。因为抓的群众太多，敌人一时难以分辨谁是八路军。几天以后，在当地县委的营救下，由农民出保，沈蔚终于逃离了虎口。随后，沈蔚转移到深北县的唐奉村，住在冀中导报社医生杨浩然家，并准备协助他筹办深北县委的《黎明》报。

7月，沈蔚通过交通站找到七分区部队，在这里和李雪相遇。李雪也在反“扫荡”中走散，和沈蔚一样通过党的交通站到达七分区，找到我军一支部队，这支部队专门收容在反“扫荡”中失散的干部人员，并掩护他们到山区。战时相逢格外兴奋，两人好像有说不完的话，他们约定随军过铁路去晋察冀边区。他们在行军途中仍然商议着《冀中导报》复刊的事，却不想，这竟是最后的诀别。

沈蔚和李雪刚刚慰问完伤员回到住处，四周枪声再起，碉堡里敌人又围了上来，同志们再次开始反击，战斗从早晨一直持续到中午，仍未解围。部队领导指示，不能再打消耗战了，要沈蔚他们在部队掩护下，从北街口突围。大家稍作准备，一声呐喊，便冲了出去。

敌人从东西两面交叉向突围者发起猛烈射击，枪弹呼啸而过。沈蔚跟随人群向外猛冲。其间有人跌倒，有人受伤，有数十人中弹，沈蔚在密集的枪声中倒在血泊之中，壮烈牺牲。

敌人撤走以后，当地群众怀着悲痛的心情掩埋了沈蔚等烈士们的遗体。

局势稳定后，《冀中导报》复刊，范瑾、林朗和其他战友得知沈蔚壮烈牺牲的消息后，沉浸在一片悲痛的气氛中。

沈蔚是八路军总政治部前线记者团第一组组员，当年和雷烨、范瑾、林朗、程追一起来到晋察冀边区。后来，沈蔚任导报社编委委员、通讯联络科科长，还负责《导报》(后更名为《冀中导报》)副刊的编辑工作，同时任冀中通讯社（后改称新华社冀中分社）副社长。

《导报》是冀中区党委机关报，1938 年 9 月 10 日创刊。它与冀中通讯社是两块“牌子”，一个机构。通讯社实际上是报社的通讯联络科，既向新华社晋察冀分社发稿，又管理着报社的通讯工作。

沈蔚一到任，就立刻在范瑾同志领导下，着手《导报》的复刊工作。1938 年冬开始，敌人对冀中抗日根据地进行了多次“扫荡”，几乎占领了全部重要的村镇和交通要道，报社跟着区党委、军区机关连续行军转移，无法正常出版，《导报》被迫于 1939 年春暂时停刊。

《导报》虽然是一份油印小报，但深受冀中人民喜爱，停刊后，冀中军民看不到时事新闻和反“扫荡”的抗战消息，心里十分苦闷，报社的工作人员也非常着急。沈蔚配合范瑾同志，探讨敌后办报新办法，改变了过去报社跟随区党委打游击的活动方式，转而依靠县、区、村基层党组织和群众掩护，隐蔽分散而又灵活机动地开展报纸出版活动。

1939 年夏天，冀中发大水，战事相对减少，趁着战役空隙，油印的四开小报《导报》出版了，一时间各级党组织争相传阅，鼓舞了士气。1939 年冬，冀中区党委决定《导报》复刊，改称《冀中导报》。这份散发着油墨芳香的报纸，很快传遍冀中大地，民众抗战的信心重新燃起，报社的同志更是信心倍增，想方设法让报纸定期出刊。

1940 年到 1942 年，在近两年时间里，冀中通讯社每年都召开两三次通讯工作会议，各县、区、村的通讯骨干素质很快得以提高，沈蔚亲自传授经验，受到大家欢迎。1940 年 10 月，冀中通讯社创办《通讯与学习》，加强对通讯干部的指导和培养。

沈蔚洋溢着火热的战斗激情，常常在工作空隙创作诗歌，歌颂冀中军民抗日热情和英勇顽强的斗争。在一日数迁的游击中，在危险重重的采访中，沈蔚以极大的热情开展着工作。

他在来到晋察冀边区时改名为沈蔚，因为母亲叫沈萃英，他特地用母亲的姓，以表示自己对母亲的惦念。1939 年 12 月 2 日深夜，沈蔚忙完一天工作，因为思念母亲，就着昏暗的灯光给在江南的父母写信，他深情地写道：

> 在今年五月底，我到冀省中部，过着最艰苦、最进步、最光明的战斗生活。我现在做的事，不但救国，而且要救一切受苦的人，要使一切被压迫的人都翻身！使将来全中国的人，都不受外国人的气，也不受有钱人的气！姆妈，你愿意我做这种神圣的事业吗？
>
> 我变了，然而我还是一个好孩子！我决不使你们失望。
>
> 等到新的中国出现的那一天，我再投进你们的怀中来吧！

沈蔚有太多话要和母亲说，他在冀中从事着伟大而又神圣的革命事业。他认识了在冀中妇联工作的刘达凤同志，准备在 5 月份订婚，他憧憬着美好的未来，盼望着全中国的解放。

要奋斗，就会有牺牲，沈蔚随时准备着。

反“扫荡”前夕，范瑾多次找沈蔚谈话，说：“冀中党委根据情报，已经估计到这次‘扫荡’的残酷性和长期性，考虑到外地来的同志口音不同，容易暴露，坚持反‘扫荡’有很多困难。为了保存革命力量，建议你和这些同志随部队转移出去。”

沈蔚却表示坚决留下来，他说：“反‘扫荡’正是我学习、锻炼的好机会，我要和冀中人民战斗在一起，把英勇斗争的事迹和风貌写下来，报道出去。再说，《冀中导报》和通讯科的工作也少不了我。”

在沈蔚的一再坚持下，组织同意了他的要求，不料他却在行军途中壮烈牺牲。每每想到这里，范瑾心中就会隐隐作痛，为失去一位亲密战友而悲恸。

和雷烨一样，沈蔚抛家舍业，从南方到北方，从后方到前线，在封锁沟里，在青纱帐中，在炮火前沿，到处都有他青春的身影。他曾经憧憬未来，思念家人，思念心爱的恋人，思念亲爱的战友，但他没有等到胜利的那天，他再也回不到亲人的怀抱。

二

1943 年，是晋察冀画报社最艰难的时期。4 月 20 日，画报社在平山曹家庄遭敌奔袭，张志、李明等 4 人负伤，雷烨牺牲。

1943 年 5 月 1 日，是晋察冀画报社成立一周年纪念日，大家原本想好好庆祝一番，社部、编辑室、印刷厂各车间从两个月前开始积极准备文艺节目，排练京戏、准备讲故事、排练舞蹈、组织歌咏队、整修操场，甚至组织了“洋相队”专出洋相逗人发笑，并准备再开一个小型体育运动会。章文龙、赵烈两人还合作谱写了《建社一周年纪念歌》。

劳动一年了，战斗一年了，
勇敢的同志流了血，

辛勤的同志流了汗，
我们兴奋呵！
来纪念第一个周年。
大伙聚集在一起，大伙亲密像兄弟，
新的来，旧的去，
一年来，我们变得坚强而有力，
大伙亲密像兄弟，
天天工作在一起。
摄影的奔走在前线，
编辑的挥动笔杆，
我烂铜版，你晒铅皮，
刻字的短兵相接，
排字的日行百里，
摇大轮的身强力又壮，
装订的手艺多精细，
运输员爬山过水，
采购员奔东走西。
快快乐乐的工作，
紧紧张张的学习，呵，
生产了大堆大堆的文化粮食，
创造了很好很好的劳动工具。
一年来，数一数咱们的战斗，
算一算咱们的成绩，
用战斗的果实来纪念真值得骄傲，

用劳动的成绩来纪念是最大的光荣，

是真正的胜利。

后来，考虑到画报社遭到了重大损失，庆祝会虽然按时召开，文娱活动和运动会则全部取消。军区宣传部潘自力部长来参加庆祝会并讲了话，他高度评价了画报社的工作，最后说：“晋察冀画报社人员不多，所起的作用，却等于一个战斗兵团。”他的讲话一下子把大家的情绪给鼓动起来了。

整编结束后，工作又开始紧张起来，大家一面编画报，一面挖洞。为了防止敌人破坏，挖了子母洞、洞中洞，在洞口种庄稼，伪装严密。为了保密，画报社的同志们白天工作，晚上轮流挖洞，由工兵帮助打石洞，自己挖土洞。形势吃紧就赶快坚壁清野，缓和后又把机器搬出来继续生产。

不久后，画报社搬到河北省平山县上庄村，离日军最近的据点只有40多里地。

日军再次“扫荡”的消息传来后，沙飞立即组织坚壁印刷及照相设备。沙飞将底片视为生命，说：“画报社最珍贵的财富是数万张抗战照片的底片。这都是记者们冒死从前线拍回来的，这是晋察冀军事、政治的所有资料，是揭露日本军队实行‘三光’政策的缩影，是我们经济文化建设的缩影。你们一定要找一个干燥、隐蔽的地方坚壁起来，做到万无一失。”

由于底片怕潮，不能藏在山洞里，沙飞决定将这些底片带在身边转移。这些底片里有他拍摄的鲁迅生前的最后一组照片。沙飞加入八路军随部队转战华北敌后，一直将这些照片的底片带在身边，他专门用一个小铁盒子，把底片放在盒子里，那是他的宝贝，谁也不让动，不让看。为了保护好这些底片，沙飞将底片打包，随画报社的人员一同转移。他用了好几个牛皮纸箱，外面用金黄色的牛皮纸包着，里面是小木格，一格一格地装底片。

当时，画报社兵分两路。老弱人员和女同志由副主任石少华带领，在不远处的花塔山就地隐蔽；青壮年人员由沙飞和指导员赵烈率领，转移器材和底片。

沙飞将底片分成四大箱，警卫员赵银德背两箱，他自己背两箱，两箱底片估计有30来斤。

赵银德对他说："沙主任，你身体不好，还要指挥部队，找人替你背吧。"

沙飞说："不行，你不用管，要保证底片的绝对安全。"

赵银德说："底片箱太沉，你吃不消的，我去找人帮你背。"

沙飞说："不用了，不管遇到什么情况，你都不要管我，你要保证底片的安全。只要人在，底片就在，人和底片共存亡。如果牺牲了那没办法，人活着就给我背回来。"

晋察冀画报社在日军"扫荡"下保住了许多珍贵的设备和底片，但人员也蒙受了巨大牺牲。沙飞和警卫员赵银德为保护底片奋力突围时，指导员赵烈带着画报社的技术员向外突围。

当时，赵烈带着画报社印刷技师何重生等同志一起突围。赵烈年轻力壮，本来已跑出日军的包围圈，但他回头不见何重生，又返回来寻找，不幸中弹牺牲。

下午敌人撤走以后，同志们陆续集合起来，杨瑞生、赵银德、高华亭、张志、张四、曲治全等人碰在一起，他们在一个山脚下找到了沙飞。

他的双脚已冻成黑紫色，脚底的皮肉磨破快露出骨头，张志马上把棉背心撕开给沙飞包了双脚，曲治全把他背上山来，隐蔽在石洞中。

沙飞见到赵银德第一句话就问：“底片丢了没有？”赵银德答：“两皮箱底片都背回来了！”

沙飞不顾脚伤疼痛哈哈大笑起来。见到高华亭时，沙飞说：“小高你还在呀！”

高华亭回答说：“我还在，没有死！”

沙飞紧紧握住高华亭的手，激动地流着眼泪说：“好！你在，老杨在，底片在，我们的画报就还能出版。”在场的同志听了沙飞的话，都哭了起来。

沙飞让张四、张志等人下山清点、掩埋尸体，这时杨国治、赵华堂、董寿延等人也都相继回到柏崖。经过清点，这次画报社牺牲了9位同志，他们是：赵烈、何重生、陆续、孙谦、石振才、李明、张梦华、文治、韩拴仓。负伤的有沙飞、杨瑞生、赵银德、王友和，失踪被俘的有朱自清、王治国、马建功、刘北奎、白候芳、叶宁等（叶宁被抓到石家庄，不久逃跑回来，其他的人据说有的被送往日本当劳工苦力，再无音信）。杨国治、张四、赵华堂等人借老乡工具把9位烈士掩埋起来。后来军区政治部又买棺木，把在柏崖牺牲的100多位烈士全部重新安葬，并开了隆重的追悼大会。

万万没有想到，赵烈在雷烨牺牲半年多之后也壮烈牺牲了，两位烈士的鲜血都流在一个小小的册页本上。目睹烈士遗物，岂能不令人万分伤哉！痛哉！这本染血的册页本先存画报社，后由罗光达保存，他一直随身携带，转战南北。1949年以后，罗光达把它送交中国摄影家协会珍藏。

几天后，画报社在搬迁后的新驻地召开了追悼会，沉痛哀悼9位烈士，并向死难战友庄严宣誓：继承遗志，勇敢前进，报仇雪恨，以慰英灵。

章文龙以无比愤怒和悲痛的心情写了一首悼念赵烈的挽歌。

> 昨天，黄昏时分，我们散落在院子里，又唱歌了。一个起头，接着，大家都放开了喉咙。……当我们唱到《光荣牺牲》的时候，我们的心里涌出一种说不出的滋味。这支歌，原是为了悼念雷烨，你教给我们的；现在我们唱起来，竟是悼念你，我们的歌手了！

1964年，赵烈的坟墓由柏崖迁到阜平城东小白山下的烈士陵园，墓前立石碑一座，上写“赵烈同志之墓”，背面镌刻赵烈小传。

赵烈是《晋察冀画报》主要创始人之一，晋察冀画报社政治指导员。1939年秋到华北敌后晋察冀抗日根据地，分配到军区新闻摄影科当摄影干事。在沙飞的指导下开始从事新闻摄影采访工作，随即深入部队、农村进行拍摄。他于1940年创作代表作品《我们是抗日小兵》组照，并参加百团大战采访。

1941年夏，赵烈协助沙飞组建晋察冀军区摄影训练队，担任队长、指导员，并承担部分课程教学工作。其间日军对根据地发动“大扫荡”，他带领部分学员转移至外线，一面打游击，一面实习。1942年晋察冀画报社在碾盘沟正式成立后，赵烈任政治指导员兼摄影记者，在碾盘沟战斗生活期间，和杨瑞生住在老乡盖更庆家。

2024年，赵烈牺牲81年了，但我们至今仍不知赵烈的亲人在哪里。赵烈的档案，有关赵烈的更详尽的资料，这些都需要去寻找。我们希望更多的有识之士参与进来，寻找赵烈，寻找赵烈的亲人。

赵烈，你的亲人在哪里？

三

或许是冥冥之中自有天意，谁也没想到，王卫国于2005年发表的一篇文章，居然能够在无意中帮助一位古稀老人解开数十年一直在心头困惑的谜题。

王卫国长期从事新闻采编工作，他是北京日报社《新闻与写作》原编审、晋察冀日报史研究会副会长、北京写作协会副会长。他一辈子采编过无数新闻，其中的一次特殊的接待，一篇特别的报道，让他加入了寻访革命英烈亲属的行列，这成为他无上的荣光和崇高的责任。

和雷烨的家人一样，远在上海、杭州的应唯鲁烈士的家人，终于在应唯鲁牺牲60多年以后，找到了长眠于晋察冀土地上的亲人。

2005年酷夏的一天，就在全国人民欢天喜地庆祝抗战胜利60周年的喜庆日子里，一对耄耋老人来到了《新闻与写作》编辑部办公室。男的叫张致祥，是一位在20世纪20年代就参加革命工作的老干部。女的是他的老伴，名叫伊之，也是一位老革命。两位老人在抗战时期都曾在晋察冀日报社工作过，对中国革命有着不可磨灭的贡献。而这次他俩之所以到编辑部来，是为了完成几十年萦绕在心中的夙愿，那就是帮助那些在抗战时牺牲的烈士找到他们如今还在世的亲人。

那天，王卫国接过老人用颤抖的双手递来的一份晋察冀日报社牺牲烈士名单，内心掀起层层波澜。对于老人们来说，这并不只是薄薄的几页纸，而是犹如泰山般的重担。

张致祥动容地说：“我们找他们的亲属找了几十年。我们来日无多，希望得到你们的帮助，这是我们最后一搏。”

为了不辜负这份厚重的嘱托，王卫国当天便赶写了一篇通讯《为了老战士的嘱托寻找新闻烈士的亲属》，与此同时，他还细心地在文章下面附上了所有烈士的名单。事实证明，这篇有着特殊意义的文章很快便引起了社会各界的广泛关注，并在次年获得了北京新闻奖。

正如王卫国所料想的那样，由于这篇文章的发表，最初几年不断有烈士家属的相关信息出现。然而，随着时间的流逝，这样的消息却变得越来越少，文章似乎也不起作用了。

可谁也没有想到的是，就在2010年新年伊始，局面再次出现了转机。上海的一位八十多岁的老人，在和后辈闲谈时，无意中提到了自己的姐姐年轻时也曾参加过抗战，据说最初为了寻找革命队伍曾到过延安，后来又随着部队转移去了河北，然后就杳无音信，尽管家人们找了许多地方，却仍是一无所获，她就好像是人间蒸发了一样。

在得知该情况后，老人读初中的孙儿当即表示可以通过互联网寻找，老人却对此深表怀疑。他表示，新中国成立初期，自己的父亲也曾给华东军政委员会写信寻找。对方在接到信件后对此非常重视，并在第一时间向中共中央军委进行了汇报。由于部分信息不详，中央军委和华东军政委员会曾三次来信希望能够进行补充。可由于所知不多，这件事到最后还是被搁置了下来。随着老人的年龄越来越大，他寻找姐姐的心愿也变得迫切起来。然而，这件事情却没有任何进展。

老人不禁有些伤感：“在那个兵荒马乱的年月，病死个人不是太平常了吗？到哪里去找啊！”

说着，老人深深地叹了口气：“每次我们兄妹回老家给父母扫墓，都要对墓里的父母说，爸爸、妈妈，姐姐还没有找到……”

孙儿说：“我上网试试！”

老人眼里闪着慈爱的光，心里却并不相信会有奇迹出现：“试试吧。”

孙儿先在电脑里输入了一个名字：应唯鲁。没有结果。又加上“烈士”两字，还是没有结果。

老人说：“最后的来信地址是河北。”

孙儿立马加上了“河北”两个字。随着回车键的按下，突然，一份烈士名单出现在了屏幕上，来自一个河北遵化的网站。网页上的第一个名字就是应唯鲁。括号中还写着：原名沈鞠如。

老人的眼睛发亮了，大家一阵欢呼。

孙儿很快又在网上找到一篇通讯《为了老战士的嘱托寻找新闻烈士的亲属》，通讯后面附的名单里出现的第一个名字就是应唯鲁。

当年，王卫国为了帮助烈士找亲属，文章最后特意注明“本文欢迎转载，本刊不取分文”。因而，全国不知道有多少网站转载了这篇文章。

烈士应唯鲁妹妹的儿子徐浩行在杭州工作，他几经辗转联系上了王卫国，开启了北上寻访之路。

两天后的清晨五点多，王卫国来到北京南站，接到了北上的徐浩行。他带着徐浩行先后来到了晋察冀日报史研究会会长陈春森和伊之老人的家。

陈春森老人从徐浩行手中接过应唯鲁烈士上中学时的照片，泪流满面地说：“就是她，就是她。应唯鲁第一天来编辑部报到，我们还开了欢迎会呢！”

伊之老人端详着照片，渐渐地眼里噙满了泪水，说：“多年轻啊，多好看啊，还是个孩子，当时只比我大一点……”

徐浩行更是止不住泪水滚滚，在应唯鲁牺牲 70 年后，人们终于知道了她的牺牲过程。

应唯鲁本名沈鞠如，是浙江宁波人，在家中排行老四，上面有一个姐姐、两个哥哥，下面有一个妹妹、两个弟弟。由于美丽大方、读书知礼，她从小便深得父母的欢心。在弟弟的印象中，她最爱美，同时，她又非常爱干净，屋子从不让外人进。

与此同时，沈鞠如是父母的骄傲。从小成绩便名列前茅的她，更是以高分考入了当时唯一一所女子中学——甬江女中，算得上是凤毛麟角。在得知这个好消息后，一家人欢欣雀跃。

可没有想到的是，在进入高中后，沈鞠如并没有在学业上积极进取，而是喜欢看一些书报，而且常常看着看着就忽然闹起情绪来。为此母亲非常担心，不明白一向乖巧懂事的女儿到底怎么了。可每次探问，她却总是说自己没事。这样的回答不但没有解开母亲的疑惑，反而让母亲更加担心起来。

事实上，从那个时候开始，沈鞠如的革命思想已经开始悄悄萌芽。当时，正值日寇入侵，原本平静锦绣的华北变得动荡不安。面对着亡国灭种的危险，任何一个心系家国的青年学子都不可能再静下心来继续读书。

据甬江女中校史记载，当时该校不仅已经有了共产党地下组织，并且沈鞠如的一位老师就是中共党员。在那位老师的影响下，时年 17 岁的沈鞠如瞒着家人悄悄加入了共产党，并且毅然决然地走上了革命道路。

参加革命以后，沈鞠如改名“应唯鲁”，应是母亲的姓氏。她又给妹妹改名“沈醒鲁”，告诉妹妹：“鲁，是鲁迅。”鲁迅——这位在暗夜中发出石破天惊的呐喊的勇士，他敲击出的电石火花，绽放思想光芒，点亮了少女心中的火焰，使之投身到民族解放的滚滚洪流中。

1937 年 7 月 7 日，随着卢沟桥上一声炮响，全面抗战爆发。与此同时，中华民族也到了生死存亡的关键时刻。在革命力量的感召下，应唯鲁放下书本，参加了抗日宣传队，每天都和同志们一道上街演出街头剧《放下你的鞭子》。她原本就是一个内心纯真善良的姑娘，在演出到高潮时，情绪自然和人物形成共鸣，仿佛真的成为女主角香姐。她在舞台上眼含热泪，向周围的群众控诉日寇的暴行。在她的感召下，很多青年纷纷报名参军，走上了和日寇殊死搏斗的战场。

不久，应唯鲁不再安于现状，做出了和同志们一道北上抗日的决定。在得知女儿的决定后，父母表示坚决反对，奈何却根本无法改变女儿的想法，无奈之下，双方只能各退一步，约定应唯鲁到了南京就回来。父母原本以为依照女儿平时听话的性格她定然不会爽约，可没想到左等右等却只是等来了她前往延安的书信。就这样，一别成永诀，再无相见之日。

那年年底，应唯鲁在历经千山万水、克服重重困难后，终于和同志们一同到了延安。当听到震动天际的抗战歌曲，看着一群群从面前走过的革命青年，她的心中不禁生出了火一般的热情，她奋不顾身地投入了这座革命的熔炉里。

不久，在上级的推荐下，应唯鲁进入抗日军政大学学习，经过一番刻苦努力，毕业后，她随同彭真、刘仁两位同志来到晋察冀抗日根据地，被分配到了抗敌报社工作。那段时间，她不知疲累地工作着，写了很多通讯。经过一段时间的考察，上级认为她具有超常的群众工作能力，便将她派到了对敌斗争更加艰险的边缘游击区。

也就是在那个时候，已经搬到上海的家人陆续收到了应唯鲁从太行山寄来的信件。信中除了向弟弟妹妹要一些前线急需的药品外，还有自己要用的灭虱粉。在看到姐姐的来信后，弟弟妹妹都非常困惑，他们实在想不到以前那个最爱干净的二姐怎么会和虱子扯上关系。

实际上，还有另外一件事情，同样是家人们难以想象的，就是这个拥有一双美丽眼睛的女孩由于长期营养不良早已患上了严重的夜盲症。尽管白天的时候，应唯鲁仍像过去一样，眼中闪着无限的热情与坚定，给乡亲们讲故事，教他们学文化、唱革命歌曲，可一旦到了晚上，眼前就会变得一片模糊。即便如此，如果有人来向她请教，应唯鲁仍会不厌其烦地提供帮助，极有耐心。

某天夜里，日寇突然包围了山村，随后，几名汉奸在应唯鲁毫无准备的情况下突袭了她居住的山间小屋。黑暗中，他们将这个女孩子抓住，见其毫无惧色，便又用死亡相威胁，以活命来威逼利诱。可即便如此，应唯鲁仍是从容淡定，用平静的声音和对方讲道理，要他们放下屠刀，不要再作恶。面对这个小小的八路军记者骨子里散发出的强大力量，汉奸顿时心存畏惧。就这样，他们没有在村里行凶，而是在将应唯鲁强行带到村外的一条深深的山沟后，犯下了恶行，以野蛮的做法来掩饰心中的强烈恐慌。就这样，在那个漆黑的夜晚，应唯鲁如花般的生命转瞬飘零，无声无息地前往了另一个世界。

事实上，应唯鲁牺牲一事，并不像她的弟弟说的那样杳无音信。其实有人早已悄悄将这件事告诉了她的父母，这个人就是晋察冀日报社的另一名记者罗夫。

和应唯鲁一样，罗夫同样是笔名，他的本名是萧朴石，江苏宿迁人。他在 1937 年参加了救亡运动，1938 年来到延安后进入抗日军政大学学习，同年底来到晋察冀边区，同时担任了晋察冀通讯社编辑科长和《晋察冀日报》特派记者。这个年轻人不仅颇具才干，而且长得很是英俊，是个千里挑一的难得人物，后来还担任过华北联合大学新闻系的副主任。

在朝夕相处的工作中，应唯鲁和罗夫这两个年龄相仿、志趣相投的年轻人渐渐擦出了爱情的火花，不约而同地将自己的身后事托付给了对方。尤其是应唯鲁，更是表示，如果自己万一牺牲，希望罗夫能够将自己的弟弟妹妹带出来参加革命，继续追求革命的真理。

也正是由于这个约定，当罗夫得知自己心爱的姑娘牺牲的消息后，悲痛万分的他第一时间便写信将这个消息告诉了心上人的父母。尽管他用了隐晦的笔法，将牺牲说成了病死，但应唯鲁的母亲在得知女儿去世的消息后悲痛欲绝，不久后便撒手人寰了。

尽管战争无情，但罗夫在战火纷飞的环境中仍竭尽全力履行着他和应唯鲁的约定，与对方的弟弟妹妹时常有书信往来，直到 1948 年 8 月，28 岁的他在采访的行军中与敌人遭遇，壮烈牺牲，书信才戛然而止。也正是从那时起，姐姐应唯鲁的消息就仿佛是断线的风筝，再也没人提起。

如果真的有另一个世界，希望帅小伙罗夫可以和他心爱的姑娘一道走上通往幸福婚姻的红毯，新娘应唯鲁的双眼仍然闪着灵动的光芒，在来宾的祝福和欢笑声中，两人一同向慈爱的母亲鞠躬行礼；希望天涯相伴燕双飞，再也没有任何阻力能够将他们分开……

2009 年 12 月，张致祥老人在度过百岁生日后，在家中安然去世。尽管他活着的时候没能亲眼看到应唯鲁的亲人，但相信若他在天有灵，也一定会非常高兴。当年，两位老人交给王卫国的 58 名烈士名单中，有多达 47 位烈士无亲属认领。如今，经《新闻与写作》编辑部和晋察冀日报史研究会不懈努力，已为 46 位烈士找到了亲属，而应唯鲁正是那第

46位烈士。

最后一位仍与亲属失联的烈士名叫黄庆涛，江苏铜山人，1937年参加革命，任晋察冀日报社电务队台长，被邓拓称为“电台的一位上将”。1937年12月在阜平县采访时遭遇日军，在突围时牺牲，时年32岁。虽然现在还没有黄庆涛亲人的消息，但相信迟早有一天他会和自己的家人团聚。

黄庆涛的亲人们，你们在哪里？

一定要帮助最后一位烈士找到亲人，无论其间要付出多大的代价，因为这既是我们的责任，也是我们的光荣！为此，《新闻与写作》杂志社的领导和编辑们一直在努力着。

晋察冀日报史研究会的老同志们更是坚定地表示：“这是我们未了的责任！找，继续找！”

在历史的长河中，所有的一切已是尘埃往事，但英雄的名字和他们的精神永存。也许有一天，我们会从消失了的战火硝烟中，还原历史的真相。

尾　声

我们期待着这一天。

华北军区烈士陵园苍松挺拔，翠柏透绿；中间矗立着的烈士纪念塔，直插云霄，庄严肃穆；西东两侧分别为白求恩、柯棣华等的塑像及陵墓；后边是一排烈士墓，雷烨烈士之墓就在中间偏西的位置。

在那个大地丰收的秋天，在那个阳光灿烂的午后，在铺满金黄色银杏叶的陵园，雷烨的弟弟项秀文在石家庄市有关领导的陪同下，向雷烨烈士敬献花篮和挽联，表示深深的悼念和无限的哀思。

这是跨越半个世纪的艰难寻访，这是一次迟到的亲人相会。项秀文代表自己也代表三个已经去世的姐姐，终于完成了几十年来的心愿。

项秀文把一束鲜花放在雷烨墓前时，说："哥哥！终于找到你了！"

说完后他泣不成声，在场的同志们无不动容。大家一起向烈士鞠躬默哀。

雷烨，若你泉下有知，一定会为今天的重逢而感动，多年的寻访终于迎来了这个值得纪念的日子。

雷烨烈士的身世终于大白，引起了社会强烈反响。中央电视台东方时空栏目拍摄了时长30分钟的《寻找项俊文》专题片；河北电视台、重庆电视台等相继推出10多部专题纪录片；《解放军报》《河北日报》《浙江日报》等多家媒体发布消息，成为新闻热点；党政机关和各界群众自发地通过各种形式纪念雷烨，建立雷烨纪念碑，创建雷烨希望小学，举办大型雷烨影展，建立雷烨纪念馆，命名“雷烨树”“雷烨楼”；北京、河北、浙江金华的摄影人在长城考证雷烨摄影地；2018年7月6日，浙江省人民政府在杭州武林广场竖立起12名浙江籍“抗战英烈”雕塑。战地记者雷烨高大的塑像就安放在这片花园式的广场上。雷烨成为人们热议的英雄人物，人们在心中久久怀念他。

雷烨从鱼米之乡的浙江到陕北延安，从延安奔赴晋察冀，挺进冀东，转战北岳，为掩护群众撤退，将最后一粒子弹留给自己，把年轻的生命融入了晋察冀的大山之中，为中华民族抗日解放事业献出了宝贵的一生。

今天，我们纪念雷烨，缅怀雷烨为延安文艺事业发展作出的突出贡献；他是中国共产党早期文化、新闻工作和摄影事业的先驱；他为晋察冀根据地的建设，为中华民族抗日解放事业流尽了最后一滴血。

今天，我们纪念雷烨，学习雷烨献身革命的事迹和崇高的信念，雷烨在国难当头时那种挺身而出的壮举，那种“宁当战死鬼，不当亡国奴”的气节，那种壮士饮弹、为国捐躯的精神，惊天动地，惊心动魄。

今天，我们纪念雷烨，感受雷烨作品中洋溢着的革命英雄主义和革命乐观主义精神。雷烨的新闻摄影作品和报告文学、诗歌作品，尤其是塞外军旅题材作品，体现了他独具个性的美学追求。

远方的“雷烨树”，你将永远生长在晋察冀大地上，将永远镌刻在中华民族的历史记忆中，将永远根植在广大共产党人和人民群众的心中。

远方的“雷烨树”！

作者李英（前排左三）和雷烨的后辈亲人们合影

后　记

2022年，我的生活慢了下来，这才开始酝酿关于雷烨的报告文学的创作。4月20日，我开始创作这部作品，设想分两条主线展开，上部“战地”，写雷烨在延安抗大学习直至牺牲；下部“寻访”，写雷烨亲人及其他河北热心人士，尤其是高永祯老人寻找雷烨的事迹。晚上，“寻找雷烨”微信群里，来自石家庄碾盘沟的李君放发了一条怀念雷烨的信息，我这才意识到这天刚好是雷烨忌日，而我又恰好在这天动笔创作，冥冥之中似有一种机缘巧合。也是这几天，高永祯又通过微信，给我发了《刘大为文集》中关于雷烨的许多珍贵史料，使我更坚定了创作雷烨报告文学作品的信心和决心。

2021年7月，金华日报社组织“长歌报晓”主题采访活动，我有幸随团一起赴河北石家庄、河北唐山及北京等地采访报道雷烨事迹。7月13日下午，我和金华日报社记者洪兵等一行到达唐山，河北电视台记者王建设早已在唐山火车站等候，把我们接到宾馆，签名并赠送给我们他的著作《号角与战鼓：晋察冀战地记者》。这本书选了邓拓、沙飞、雷烨、沈蔚等21位优秀的战地记者，深入挖掘感人事迹，是描写战地记者的一部优秀作品，给我的创作提供了文本参照。王建设又带我们去河北省军区唐山第二干休所采访吴邦老人，为我们的采访提供了许多便利。

在河北采访期间，我们还得到河北省摄影家协会主席杨越峦和张存海、李君放、杨振勇、邓锦玺等许多老师的热情帮助，他们专门安排人员陪同我到雷烨战斗过的曹家庄、南段峪、碾盘沟等地实地采访。我亲身感受了当地干部群众对雷烨的崇敬之情。此次采访活动收获颇丰，为我的创作打下了很好的基础。尤其是高永祯老师，连续两天到我住的宾馆，接受我的采访。他坚持寻找雷烨15年，终于使雷烨的身世大白于天下，让雷烨事迹在新时代绽放出绚丽光芒。他的《杰出战地记者：雷烨传略》，是他查证、揭示雷烨身世的成果结晶，时间跨度近80年，涉及大量史料，非常珍贵，他的执着精神让我深受感动。他还为我的创作提供了许多采访线索，并提出宝贵意见，本书中的“半个多世纪的寻访”主要就是根据他的《杰出战地记者：雷烨传略》写成。

后来，我又独自到北京采访了摄影人王和平，他和许多摄影人士考证了雷烨摄影地，为宣传雷烨精神做了大量工作，他也给我提供了许多有价值的素材。

在写作过程中，我多次采访了雷烨的外甥女项碧英，她为建立雷烨故居、宣传雷烨精神做了许多工作。她提供的雷烨身世等历史资料更是弥足珍贵，给我走近雷烨、了解雷烨带来许多启迪。

在这部作品中，我把雷烨的故事置于抗日战争的宏大背景之下，把雷烨的命运和中国革命紧密相连。在写雷烨的同时，还写了他的战友刘诚光、张福庭、沙飞、赵烈、应唯鲁等，使书中的场景和视野更为广阔；在写雷烨亲人寻亲的同时，还写了河北的高永祯及部队战友们寻访雷烨的经历，让故事和细节更为生动。

尽管有众人帮助，要创作有关雷烨的报告文学作品仍然面临许多困难，比如资料匮乏，尤其是没有采访到与雷烨同时代的人，给我的写作带来许多困惑。我先后查阅了有关晋察冀抗日战争的历史书籍和资料 40 余种，尤其是冯闻智、葛文、王卫国、刘峰川等人的著作和文章都详细描绘了雷烨的事迹，他们是那个时代的见证者，是雷烨故事的亲历者，他们的回忆是不可多得的珍贵史料，我作品中的部分故事就是根据他们的文章改写的。

在此，我要向为本书创作提供真诚帮助的高永祯、杨越峦、王建设、王和平、项碧英、张存海、李君放、杨振勇、邓锦玺等许许多多的专家学者和受访者表示谢意，向刘峰川、葛文、冯闻智、王卫国等老同志表示谢意，向河北省摄影家协会的同志们表示谢意，向金华日报社的洪兵、王春雷等同仁表示谢意。

本书的出版得到河北省委宣传部原副部长张志平、浙江省金华市金东区政协主席吕贤和浙江教育出版社社长周俊的高度重视和全力支持，还得到了金华日报社、金华市金东区委宣传部和金东区孝顺镇党委、政府以及孝顺镇乡贤协会的大力支持，在此一并致以谢意。

在写作的过程中，我一直被雷烨的精神所感动，常常情不自禁泪流满面。重现雷烨当年这一段布满烽火硝烟的历史，让雷烨事迹永远闪耀，这也是我创作的初衷和动力。

2023 年，是雷烨牺牲 80 周年；2025 年，是中国人民抗日战争暨世界反法西斯战争胜利 80 周年。我以自己创作的这部作品致敬这两个纪念日，致敬我们亲爱的祖国。只是由于史料缺失，素材有限，雷烨背后还有许多故事没有被挖掘出来，只能期望以后有机会更深入地采访并加以完善。此外，由于史料不足且个人水平有限，书中难免会有不少缺漏和差误，诚望专家学者和广大读者不吝批评指正。

李英

2024 年 5 月 10 日于白溪湾勉行斋

参考文献

1. 蔡子谔、顾棣：《崇高美的历史再现——中国解放区新闻摄影美学风格论》，山西人民出版社，1995。
2. 《仓夷文集》编委会：《仓夷文集》，新华出版社，1999。
3. 陈春森、白贵：《吹响民族的号筒——〈晋察冀日报〉的追忆与纪念》，人民日报出版社，2013。
4. 冯闻智：《幽燕怒涛》，百花文艺出版社，1994。
5. 高明乡、尹铮：《文苑新录·回望晋察冀》，新华出版社，2009。
6. 高永祯：《杰出战地记者：雷烨传略》，河北美术出版社，2018。
7. 葛文：《大风沙中的田间》，中国文联出版社，2003。
8. 顾行、成美：《邓拓传》，山西教育出版社，1991。
9. 《红色档案——延安时期文献档案汇编》编委会：《文艺突击》，陕西人民出版社，2013。
10. 晋察冀日报史研究会：《人民新闻家邓拓》，人民出版社，1987。
11. 晋察冀日报史研究会：《晋察冀日报史》，人民出版社，1993。
12. 晋察冀日报史研究会：《文旗随战鼓——〈晋察冀日报〉文学作

品选》，解放军文艺出版社，1995。

13. 晋察冀日报史研究会：《晋察冀根据地歌曲选》，出版社不详，1997。
14. 晋察冀日报史研究会：《〈晋察冀日报〉国内外大事述评集》，出版社不详，2007。
15. 李惠兰：《喜峰口罗文峪抗战史料集》，出版社不详，2006。
16. 刘锦章：《光辉的历程》，长征出版社，1997。
17. 刘锦章：《战斗的回忆》，长征出版社，1997。
18. 马振、郭政海：《蓟北雄关喜峰口》，中国文史出版社，2005。
19. 聂力：《山高水长——回忆父亲聂荣臻》，上海文艺出版社，2006。
20. 聂荣臻：《聂荣臻元帅回忆录》，解放军出版社，2005。
21. 平西抗日斗争史编写组、中法大学校友会编委会：《平西儿女：革命回忆录》（上集），光明日报出版社，1986。
22. 钱江：《战火染红青春岁月——人民日报口述历史（第一卷）》，人民日报出版社，2012。
23. 峭岩：《走向燃烧的土地——魏巍》，北岳文艺出版社，1988。
24. 司苏实：《沙飞和他的战友们》，新华出版社，2012。
25. 唐山市文化局、中共唐山市委党史资料征集办公室：《滦河曲——冀东革命文艺回忆录》，出版社不详，1985。
26. 田涌、田武：《晋察冀画报：一个奇迹的诞生/中国红色战地摄影纪实》，金城出版社，2012。
27. 托马斯·亚瑟·毕森：《1937，延安对话》，人民文学出版社，2021。

28. 王建设、王怡然：《号角与战鼓：晋察冀战地记者》，新华出版社，2020。
29. 王雁：《我的父亲沙飞》，社会科学文献出版社，2015。
30. 魏巍：《晋察冀诗抄》，中国青年出版社，1984。
31. 魏巍：《魏巍文集》，广东教育出版社，1999。
32. 项秀文：《似水年华》，出版社不详，1998。
33. 项秀文：《雷烨纪念集：一位杰出战地记者的传奇一生》，浙江省新四军研究会等，2005。
34. 项秀文：《似水年华》续集，出版社不详，2006。
35. 于杰：《民兵英雄》，长征出版社，1997。
36. 展江：《正义与勇气——世界百名杰出战地记者列传》，海南出版社，2000。
37. 张志平：《非凡岁月》，河北人民出版社，2008。
38. 政协天津市蓟县委员会、中共蓟县县委党史研究室：《盘山风云》，出版社不详，2015。
39. 中共河北省委共产党员杂志社：《红色照片背后的故事》，出版社不详，2021。
40. 中央宣传部《党建》杂志社：《潘家峪抗日斗争纪实》，红旗出版社，2015。
41. 周学军：《血泪证词：潘家峪惨案亲历者口述》，中共党史出版社，2018。
42. 左禄：《民兵游击战与村落战》，长征出版社，1997。

图书在版编目（CIP）数据

远方的“雷烨树” / 李英著. -- 杭州 : 浙江教育出版社，2024. 12（2025. 7重印）. -- ISBN 978-7-5722-7865-5 Ⅰ. I25

中国国家版本馆CIP数据核字第2024CK3784号

远方的“雷烨树”

YUANFANG DE “LEIYESHU”

李英 著

责任编辑 姚 璐 骆 珈
特约编辑 郑行军 方伟红
美术编辑 韩 波
责任校对 余晓克
责任印务 陈 沁
封面设计 观止堂_未氓
出版发行 浙江教育出版社
（杭州市环城北路177号 电话：0571-88909724）
图文制作 杭州林智广告有限公司
印刷装订 浙江海虹彩色印务有限公司
开 本 710 mm×1000 mm 1/16
印 张 16
插 页 4
字 数 220 000
版 次 2024年12月第1版
印 次 2025年7月第2次印刷
标准书号 ISBN 978-7-5722-7865-5
定 价 98.00元